Tiffany Jones

Hingabe (Obsessed 2)

Bibliografische Information der Deutschen Nationalbibliothek:
Die Deutsche Nationalbibliothek verzeichnet diese Publikation in der Deutschen Nationalbibliografie; detaillierte bibliografische Daten sind im Internet über http://dnb.dnb.de abrufbar.

© 2016 Ava Jordan, Tiffany Jones

Illustration: **Coverart by jdesign.at**
Korrektorat: **Anika Beer, Nicole Radtke**

Herstellung und Verlag: BoD – Books on Demand, Norderstedt
ISBN: 978-3-7412-6202-9

1. Kapitel

»Oh mein Gott, sieh doch nur!«
Juno lehnt sich weit über meinen Schoß und starrt verzückt aus dem Fenster. Draußen leuchten die Lichter der Stadt, die manche Sin City nennen. Oder Entertainment Capital of the World.
Las Vegas.
Da bin ich wieder, du schmutzige, brutale Wüstenstadt. Hast du mich vermisst? Ich hätte darauf verzichten können, irgendwann wieder in einer Stretchlimousine zu sitzen, die mich mit einem halben Dutzend aufgeregt plappernder Mädchen ins Bellagio bringt.
Ausgerechnet ins Bellagio.
»Ist das nicht toll?«
Juno lässt sich wieder in den Sitz fallen und strahlt mich an. Mein Lächeln gerät etwas weniger enthusiastisch, und das merkt sie. Sofort legt sie besorgt die Hand auf meinen Unterarm.
»Alles in Ordnung, Lea? Geht's dir nicht gut?«
»Ich glaub, ich habe mir auf dem Flug eine Erkältung zugezogen. Die Klimaanlage in diesen Privatjets ist irgendwie immer falsch eingestellt«, lüge ich.
Sie nickt wissend. »Mir war auch ganz schön frisch. Aber Vegas! Ist das nicht der Wahnsinn?«
Natürlich ist das der Wahnsinn.
»Ich freu mich so sehr für dich«, sage ich nur. Und irgendwie meine ich es auch so.
Denn wer freut sich nicht, ein so liebes Mädchen als Schwägerin zu bekommen? Juno ist unschuldige, süße neunzehn und wäre jetzt im dritten Collegejahr, wenn sie nicht seit drei Monaten mit meinem Bruder Dean verlobt wäre. Natürlich hat sie danach ihr Studium abgebrochen, denn sie wird nie wieder arbeiten müssen. Das ist einerseits sicher schön für sie – in den letzten Monaten hatte sie ohnehin keine Zeit für etwas anderes als die Hochzeitsvorbereitungen – aber es bereitet mir auch Kopfschmerzen. Denn was passiert, falls

die Sache mit Dean schiefgeht?

Nein, ich muss anders fragen.

Wenn die Sache mit Dean schiefgeht – und das wird sie – was wird dann aus Juno?

Ich fühle mich für sie verantwortlich. Nicht nur, weil sie Chrissas kleine Schwester ist. Oder weil mein Bruder ein Monster ist. Sondern weil ich eigene Pläne habe.

Ich will fliehen.

Gestatten – Lea Tevez. Tochter des einflussreichsten Drogenbosses von ganz Orange County. Seit Jahrzehnten hat mein Vater die Stadt L.A. und das Umland fest in seiner Hand. Inzwischen leitet mein Bruder Dean meist die Geschäfte, weil mein Vater nach Chrissas Tod nie mehr der Alte wurde. Vielleicht ist es auch eine rapide fortschreitende Demenz oder Alzheimer, ich weiß es nicht genau. All meine Versuche, ihn zu einem Arzt zu bringen, sind bisher kläglich gescheitert, da Dean genau das verhindern möchte. Für ihn ist mein Vater nicht krank, sondern einfach nur ein bisschen verwirrt.

Er macht es sich natürlich einfach. Die Geschäfte hat er an sich gerissen und führt sie so, wie es ihm richtig erscheint. Und mein Vater ist ein gebrochener Mann. Nur er und ich wissen, dass Dean meine beste Freundin Chrissa ermordet hat. Weil sie zu viel gesehen hat.

Und jetzt hat er Juno. Sie vergöttert ihren »DeeDee«, sie liegt ihm zu Füßen, weil er sie nach dem Tod ihrer Schwester getröstet hat. Dass sie Chrissas Mörder liebt? Weder mein Vater noch ich bringen es übers Herz, ihr das zu sagen.

Juno ist für mich eine Bedrohung. Nicht, weil ich die böse zukünftige Schwägerin bin, die ihr das Liebesglück missgönnt, sondern weil ich die Taten meines Vaters und meines Bruders nicht länger decken will. Aber seit Monaten sehe ich untätig zu, wie Juno sich auf die Hochzeit vorbereitet. Schlimmer noch: ich helfe ihr. Ich begleite sie zu allen Terminen – ins Brautmodengeschäft, zum Floristen, zum Caterer, zum Pastor. All die Entscheidungen, die eine Braut mit ihrem Zukünftigen gemeinsam treffen sollte, trifft sie mit mir. Weil sie mir vertraut. Und weil Dean einfach keinen Sinn für diesen Hochzeitskram hat und Juno in ihrer Naivität Verständnis dafür hat, dass er nicht den passenden Wein für das Sechs-Gänge-Menü auswählen kann.

Wenn sie mit Dean die Ringe getauscht hat, ist es vorbei. Ich muss ihr vorher die Augen öffnen. Sie hat ein Recht auf die Wahrheit. Wenn sie sich dann immer noch für ihn entscheidet – nun gut. Dann hat sie es nicht anders verdient. Aber ich bin mir sicher, dass es nicht dazu kommt.

»DeeDee hat versprochen, dass ich die allerschönste Suite bekomme«, plappert Juno. »Und ihr kriegt auch die tollsten Zimmer.«

Ihre Freundinnen – allesamt vom College, die meisten aus den ärmeren Wohngegenden von L.A. – kreischen begeistert. Für sie ist diese Reise ein noch größeres Abenteuer als für Juno, die sich in den letzten Monaten immerhin schon an den Luxus als zukünftige Mrs. Juno Tevez gewöhnt hat. Eine etwas rundliche Blondine mit künstlichen Gelnägeln bekommt vor Aufregung einen Schluckauf, und ihre strahlend blauen Augen wirken etwas glasig. Herrje, die armen Dinger. Sie haben alle im Flugzeug zu viel Champagner gehabt.

Ich fühle mich wie die Mutter der Kompanie. Mit knapp vierundzwanzig Jahren bin ich mit Abstand die Älteste. Außerdem fliege ich seit meinem siebzehnten Lebensjahr regelmäßig nach Las Vegas.

Und zweimal war Vegas für mich der reinste Alptraum ...

»Was machen wir heute Abend?« Die Frage kommt von Sarina, einer hübschen, schlanken Latina mit pechschwarzen Haaren. Sie macht auf mich noch den vernünftigsten Eindruck von allen. Den Champagner hat sie weitestgehend ignoriert und kreischt auch nicht so laut wie die anderen.

»Wir checken gleich im Hotel ein und danach treffen wir uns gegen sieben zum Abendessen.« Ich schaue auf mein Handy. Ein Reflex, ich schaue jeden Tag hundertmal aufs Handy, aber diesmal sehe ich dort einen vertrauten Namen und stecke es schuldbewusst wieder in die Handtasche.

Eine Nachricht von Jax.

»Anschließend geht's ins Kasino, Ende offen.«

»Oh mein Gott, ich sterbe vor Aufregung.« Das runde Blondchen drückt die Hand auf ihren hübschen Busen und

hickst. »Meint ihr, wir gewinnen einen Haufen Geld? So viel, dass wir nie wieder arbeiten müssen?«
Bestimmt nicht, denke ich. Die Bank gewinnt immer. Darin ist sie meiner Familie sehr ähnlich.
»Aber klar«, behaupte ich wider besseres Wissen fröhlich. »Und da sind wir schon.«
Die weiße Stretchlimousine hält direkt vor dem Hotel. Sofort ist ein livrierter Hoteldiener zur Stelle und reißt die Tür auf. »Willkommen im Bellagio!« begrüßt er uns überschwänglich.
Diesmal kreischen die Mädchen nicht. Sie steigen gesittet nacheinander aus und kommen aus dem Staunen nicht mehr raus.
Ich verstehe sie ja. Wenn man das erste Mal nach Las Vegas kommt, ist das Glitzern und Blinken, dieser Überschwang aus Licht und Freude völlig überwältigend. Aber ich habe es eilig und scheuche die kleinen, aufgeregten Gänschen vor mir her zur Anmeldung.
»Die Suiten für Tevez«, melde ich uns an.
»Sehr wohl, Ma'am.« Die Empfangsdame neigt den Kopf und zieht ein paar vorbereitete Formulare aus einer Mappe. Ich kümmere mich um die Anmeldeformalitäten, während die Mädchen sich völlig verzückt im Kreis drehen und staunen.
Juno bleibt an meiner Seite. Sie wirkt seltsam verloren. Als ich vom Klemmbrett aufblicke, sagt sie leise: »Ich wünschte, Chrissa wäre hier.«
Ich lege den Stift behutsam hin, schiebe der Empfangsdame das Klemmbrett über den Tresen und drehe mich zu ihr um. Meine Hände ruhen auf ihren schmalen Schultern, und ich sehe ihr ernst ins Gesicht.
»Juno, Liebes. Sie ist doch immer irgendwie bei uns, oder nicht?«
»Sie hat mir nur damals von eurem Ausflug erzählt, und ich hab mir immer gewünscht ...« Sie spricht nicht weiter.
Das braucht sie auch gar nicht.
»Dass du auch mal ins Bellagio darfst?«, half ich ihr.
Sie nickte.
»Und jetzt stehst du hier.«

»Wenn Chrissa nicht gestorben wäre, hätte ich auf der Beerdigung nie Dean kennengelernt. Dann wäre ich nicht hier.« Sie atmet tief durch.

Ich schließe sie in die Arme. »Ich vermisse sie auch«, flüstere ich. Mir stehen Tränen in den Augen. Juno ist Chrissa in vielen Dingen so ähnlich. Beide sind so zart, beinahe zerbrechlich. Sie haben beide diese unverschämt dunkelblauen Augen, um die ich sie beneide – meine sind langweilig grau – und sie haben ein so gutes Herz, dass es eine Schande ist, was mit ihnen geschieht.

Die Familie Tevez ist ihr Untergang. Erst für Chrissa, und jetzt für Juno.

Ich kann nichts dagegen tun.

Aber ich will. Verdammt, ich *muss* etwas dagegen tun. Ich werde diese Hochzeit verhindern. Erst Juno retten, dann mich. Ja, auch mich. Ich kann nicht länger Teil dieser Familie sein. Und ich hatte bereits einen Plan, doch wie das mit Plänen so ist, sie lassen sich nicht so leicht ausführen, wie man sich das in der Fantasie ausmalt ...

Die Empfangsdame hat inzwischen unsere Anmeldeformalitäten erledigt und winkt zwei Pagen heran. Die beiden kümmern sich eifrig um unser Gepäck, während sie uns persönlich zu den Aufzügen führt und uns die schwarzen Schlüsselkarten erklärt, mit denen man Zugang zu den oberen Stockwerken hat. Sicherheit wird im Bellagio vor allem für die VIP-Gäste großgeschrieben.

Im Aufzug schnattern Junos Freundinnen aufgeregt, während sie und ich schweigen. Ich weiß, dass sie an Chrissa denkt. Mir geht es nicht anders.

Ich vermisse meine beste Freundin an manchen Tagen so sehr, dass ich nicht weiß, wie ich es schaffe, morgens aus dem Bett zu kommen.

Ich habe die Suite für mich alleine, und darüber bin ich froh. Nicht auszudenken, wenn ich mit der pummeligen Ana oder der vorlauten Yasmin das Zimmer teilen müsste. Ich brauche meine Ruhe.

Auf dem Kopfkissen steht eine Geschenktüte. Ich schaue

rein: Parfüm, ein Halstuch von Hermès, ein Samtbeutelchen mit Spielchips, eine sündhaft teure Palette Make-up, ein bisschen Modeschmuck. Nichts total Überzogenes. Ich habe Dean gebeten, es nicht zu übertreiben; die Mädchen sind ja jetzt schon wie ein Kindergeburtstag mit Zuckerflash.
Endlich kann ich in Ruhe aufs Handy schauen.
Ich besuche dich. Heute Nacht.
Die Nachricht kommt von Jax.
Ich seufze und lasse mich aufs Bett fallen. Der Page stellt meine Reisetasche und den Kosmetikkoffer auf die Ablage. Ich ziehe eher beiläufig einen Geldschein aus der Gesäßtasche meiner Designerjeans und drücke ihn dem jungen Mann in die Hand. Er strahlt, wünscht mir einen schönen Abend und einen angenehmen Aufenthalt.
Sicher nicht.
Es ist ziemlich genau ein Jahr her, dass Chrissa und ich zusammen im Bellagio waren. Mein Vater hatte uns eingeladen.
An diesem Wochenende verlor ich meinen Glauben an das Gute im Menschen. Und Chrissa musste mit ansehen, was für ein Monster mein Bruder war.
Ein Jahr ohne Chrissa.
Wie soll ich hier, in diesem Hotel, in dem sie zu viel gesehen hat, mit ihrer kleinen Schwester fröhlich feiern, die schon bald Chrissas Mörder heiraten wird?
Ich atme tief durch. Es ist nicht gut, wenn ich mich so in dieses Gedankenkarussell stürze. Das führt nur dazu, dass ich irgendwann so traurig werde, dass ich mir lieber mit der Minibar einen schönen Abend mache statt mit den Mädchen.
Ich schreibe an Jax: *Bin nicht zu Hause, sondern in Vegas. Sonntagabend vielleicht?*
Ich weiß, dass es gefährlich ist, was wir tun. Aber wir haben darüber diskutiert und uns fiel keine bessere Möglichkeit ein, um zwischen den viel zu seltenen heimlichen Treffen in Kontakt zu bleiben. Und wenn ich nicht wenigstens einmal am Tag von ihm höre, bekomme ich Angst.
Es reicht ja, dass ich um mein Leben fürchte. Zu wissen, dass er lebt, hilft mir.

Er wird mich retten.

Ich stehe auf und packe meine Sachen aus. Im Wohnzimmer der Suite stehen auf dem Tisch eine Schale mit Obst und ein Teller mit Pralinen, von denen ich eine probiere. Sie ist leicht gekühlt und schmeckt köstlich, aber ich will mir nicht den Hunger für das Abendessen verderben und gönne mir nur eine zweite.

Die Zeit bis zum Abendessen reicht gerade noch für eine schnelle Dusche. Ich ziehe mich aus, gehe ins Bad und drehe das Wasser auf. Schon bald füllt heißer Dampf den Raum und ich stelle mich unter den Wasserstrahl. Himmel, es tut so gut, das Wasser auf meine schmerzenden Muskeln prasseln zu lassen. Erst jetzt merke ich, wie verspannt ich bin.

Plötzlich höre ich ein Geräusch.

Die Tür zum Schlafzimmer steht offen. Ich lausche, aber das Geräusch wiederholt sich nicht. Trotzdem drehe ich die Dusche ab und hülle mich in den weißen Hotelbademantel.

Barfuß trete ich ins Schlafzimmer. Der Teppich ist weich unter meinen Füßen, es fühlt sich an, als würde ich bis zu den Knöcheln einsinken.

Du hast dir das nur eingebildet. Da ist niemand. Geh wieder unter die Dusche.

Doch ich bleibe stehen und lausche.

Wenn man seit Monaten in ständiger Alarmbereitschaft lebt wie ich, beginnt man irgendwann, Gespenster zu sehen. Aber manchmal ist es auch gut, dass die Aufmerksamkeit nicht nachlässt, denn so wird man von einem Angreifer nicht überrascht.

Als ich mich umdrehe, um wieder ins Bad zu gehen, spüre ich seine Bewegung mehr als dass ich sie höre. Ich wirble herum, und im nächsten Moment werde ich gepackt. Der Eindringling versucht, mich aufs Bett zu schleudern.

Ich wehre mich. Mit einem gezielten Tritt ziehe ich ihm ein Bein unter dem Körper weg, bevor er mich von den Füßen holen kann. Dann fahre ich herum. Meine Hand schnellt vor und zielt auf seine Augen. Er wehrt den Schlag mit erhobenem Arm ab, und dann hat er mein Handgelenk gepackt und mir den Arm schmerzhaft auf den Rücken gedreht.

Er ist direkt hinter mir. Ich atme schwer und schließe für einen Moment die Augen.

Sein Geruch ist mir vertraut. Sein Atem, der meinen Nacken streift, seine Hand, die mich gepackt hält ... Es ist, als wäre dieser Mensch in mein Körpergedächtnis eingebrannt.

»Jax«, flüstere ich.

»Ja«, höre ich ihn. Dann lässt er mich los. Ich drehe mich zu ihm um.

»Du bist besser geworden«, sagt er.

»Mistkerl!« Ich versetze ihm mit der Faust einen Schlag gegen den Bizeps, doch er verzieht nicht mal das Gesicht. Im nächsten Moment lege ich die Hände an seine Wangen und ziehe ihn zu mir herunter. Wir küssen uns, und eine ganze Weile brauchen wir keine Worte, sondern verständigen uns stumm. Bis seine Hände unter meinen Bademantel wandern. Meine Haut ist erhitzt von der Dusche und seiner Gegenwart.

»Du hättest mich umbringen können«, flüstere ich atemlos.

»Nein. Eher hättest du mich umgebracht.«

Ich löse mich nur widerwillig von ihm.

»Überrascht es dich nicht, dass ich dich aufgespürt habe?«

Ich lasse den Bademantel fallen und gehe nackt zu meiner Reisetasche. Sein gieriger Blick folgt mir, doch er bleibt mitten im Schlafzimmer stehen und wartet.

»Mich überrascht gar nichts mehr, Jackson Bennett«, rufe ich über die Schulter. Ich wähle schwarze Spitzenunterwäsche aus und ziehe mir das Höschen an, bevor ich die Tasche ins Schlafzimmer trage und meine Sachen auspacke.

»Naja, ihr gebt euch auch keine Mühe, unauffällig zu reisen.«

»Es ist Junos Junggesellinnenabschied. Da reist man nicht unauffällig.« Mit fast wütenden Bewegungen reiße ich die Kleider aus der Tasche und hänge sie in den Schrank. »Sie vermisst Chrissa.«

Jax setzt sich auf die Bettkante.

»Und warum bist du überhaupt hier? Ist Las Vegas für Black Swan nicht tabu?«

Das Drogenkartell von Raimund Swan operiert hauptsächlich an der Ostküste. New York ist ihre Basis, ihr

Hafen. Alle Versuche, sich nach Westen auszubreiten, hat das Tevez-Kartell bisher erfolgreich unterbunden. Damit geht Jax mit seiner Anwesenheit ein großes Risiko ein. Er zuckt mit den Schultern.»Das ist L.A. auch, und ich komme trotzdem sooft ich kann. Außerdem vergisst du, dass ich seit dem Vorfall mit deinem Bruder letztes Jahr nicht mehr Swans erster Mann bin, sondern ein kleines Licht am unteren Ende der Nahrungskette. Da schrillen nicht sämtliche Alarmglocken im Tevez-Kartell los, nur weil ich aus dem Flugzeug steige.«

Ich seufze. Er klingt aggressiv, und in gewisser Weise kann ich ihn verstehen. Die Ereignisse in New York vor ein paar Monaten haben mich gezwungen, zu meiner Familie zurückzukehren. Er wurde bei einer Begegnung mit meinem Bruder angeschossen, und seitdem steht er bei der Polizei unter Beobachtung. Sie hatten ihn schon länger auf dem Schirm. Aber jetzt ist Raimund Swan besonders vorsichtig und hat ihn als ersten Mann abgezogen. Er vertraut ihm nicht mehr.

Und das macht Jackson den Ausstieg schwer. Denn wenn er mit mir abtauchen will, muss er dem FBI etwas liefern. Er muss ihnen so viel liefern, dass sie ihn ins Zeugenschutzprogramm gehen lassen, zusammen mit mir.

Das ist unser Plan.

Vielleicht nicht der beste, denn bis es soweit ist, kann noch allzu viel schiefgehen. Aber ich will nicht länger Teil dieser Familie sein. Und Jax? Er würde alles für mich tun. Unsere Liebe ist stärker als sein Überlebenswille.

»Das tut mir leid«, sage ich.

»Muss es nicht.« Er starrt vor sich auf den Boden.

»Stimmt, aber trotzdem tut es mir leid. Es ist so ... schwierig.« Damit meine ich nicht nur unsere Liebe. Ginge es nur um diese Gefühle, wäre es viel einfacher. Es ist so viel mehr: der Drogenkrieg, mein Bruder, Juno, mein Vater – und auf Jax' Seite bestehen auch Abhängigkeiten, von denen er mir nichts erzählt. Von denen ich aber ahne, dass sie da sind. Denn warum sonst zögert er, sich von Swan loszusagen?

»Du willst also streiten?«, frage ich ihn herausfordernd. In letzter Zeit passiert das häufig. Die Nerven liegen einfach

13

blank. Wir wollen beide, dass es weitergeht, aber im Moment ist unser Verbindungsmann beim FBI ziemlich vage in seinen Aussagen. Wenn wir nicht beide bald mehr liefern außer unseren Wunsch auszusteigen, könne man nicht viel für uns tun, heißt es immer von ihm.

»Ich will nicht streiten.«

»Wir müssen Zuko was geben. Und zwar mehr als ein simples ›mein Dad ist der Boss vom Tevez-Kartell‹ oder ›Raimund Swan hat das Leben vieler Menschen auf dem Gewissen‹. Sie brauchen Beweise, verstehst du?«

»Ja.«

Ich weiß auch nicht, wie ich diese Beweise beschaffen soll. Bisher ist mir nichts eingefallen.

Ich stehe ratlos vor dem Schrank. Es ist schon kurz vor sieben, und jeden Moment kann Juno klopfen und mich zum Abendessen abholen. Ich greife wahllos eines der Kleider heraus – schwarz, knielang, mit zarten Pailletten bestickt und einem tiefen Ausschnitt – und zwänge mich hinein. Dazu silberne Sandaletten. Ich gehe ins Bad, um ein bisschen Make-up aufzulegen.

»Wir müssen reden, Lea.« Jax lehnt in der Tür und beobachtet mich. Ich löse meine brünette Lockenmähne und bürste die Haare mit festen Strichen durch. Ja, brünett. Wenige Wochen nach meiner Rückkehr habe ich bei einem Friseur das Karottenrot überfärben lassen. Er hat mir außerdem Pflegetipps gegeben. Ich habe zwar eigentlich andere Probleme – also *echte* Probleme – aber trotzdem bin ich eine Frau, die für ihren Freund gern hübsch sein möchte. Und das Karottenrot war zur Tarnung in New York recht gut. Unter der Sonne Kaliforniens wirkte es einfach nur schäbig, und meine Haare waren auch etwas angegriffen vom Färben.

»Wir können reden, wenn ich nachher wieder da bin. Jetzt muss ich Juno und ihre Freundinnen hüten. Du solltest sie sehen. Sie sind alle so aufgeregt und können sich gar nicht beruhigen. Das erste Mal in Vegas ...«

»Lea ...«

Ich weiß, warum er so genervt klingt. Ich lenke ganz bewusst ab, weil ich keine Lust habe, über den Haufen

Probleme zu sprechen, den wir haben.
Ich blicke ihn durch den Spiegel an. »Manchmal überlege ich, wie es wäre, wenn wir das nicht tun«, sage ich leise. »Wenn wir dem FBI sagen, sie können uns gestohlen bleiben. Mein Vater würde dich mögen, weißt du ...«
»Dein Vater bereitet mir keine Sorgen. Dean ist es. Du hast doch auch Angst vor ihm.«
Ich nicke und beginne, meine Wimpern zu tuschen.
»Außerdem – was ist mit Juno?«
Ich reagiere nicht.
»Lea?«
»Vielleicht ist Juno ja für sich selbst verantwortlich. Sie ist eine erwachsene Frau, nicht wahr?« Trotzig schließe ich das Tuschefläschchen und werfe es auf den Waschtisch.
»Das stimmt nicht ganz. Sie weiß nicht, was Dean getan hat. Wenn sie es wüsste ...«
Ich fahre wütend zu ihm herum. »Wenn sie es wüsste, würde ihre Welt zusammenbrechen. Sie vergöttert meinen Bruder, es ist ein ständiges ›DeeDee sagt dies‹, ›DeeDee holt mir die Sterne vom Himmel‹. Meinst du, sie würde mir auch nur ein Wort glauben, wenn ich ihr erkläre, dass der Mann, der sie nach Chrissas Tod getröstet hat, derselbe ist, der ihre Schwester mit dem Messer abgestochen und dann ihr Brillantarmband geklaut hat, damit es wie ein Raubüberfall aussieht? Sie wird mich hassen, aber sie wird mir kein Wort glauben.«
Jax stößt sich von der Tür ab. Es ist nicht die erste Diskussion dieser Art, und nicht zum ersten Mal muss er mich danach tröstend in die Arme schließen. Ich lehne den Kopf an seine Brust und atme seinen sauberen, männlichen Geruch ein.
»Ist schon gut. Ich weiß, was du meinst.«
»Ich möchte jeden Einzelnen retten«, flüstere ich. »Juno, dich, meinen Vater ...«
Seine Umarmung wird steif, kalt. Als wäre die Erwähnung meines Vaters in diesem Zusammenhang keine gute Idee.
Das ist mir egal.
Mein Vater hatte vor Chrissas Tod eine Liebesbeziehung mit ihr, von der ich erst später erfuhr. Ihre Ermordung brach

ihm das Herz – und ich bin überzeugt, dass sie ihn auch um den Verstand brachte. Seitdem ist er nicht mehr derselbe. Ich hasse Dean für das, was er unserer Familie angetan hat. Aber jedes Mal, wenn ich Jax oder Zuko zu erklären versuche, dass mein Vater im Grunde nur noch ein Schatten seiner selbst ist, eine Marionette im großen Machtplan meines Bruders, stoße ich auf taube Ohren.

Juno retten? Wenn ich ihnen alles zum Tevez-Kartell liefere, und zwar wirklich *alles*, könnte man eventuell darüber reden.

Den alten Tevez, der das Kartell einst aus dem Nichts erschaffen hat und seither Los Angeles mit Drogen, Nutten und Gewalt überzieht? Auf gar keinen Fall.

»Ich muss los.« Ich löse mich von Jax. »Bist du noch da, wenn ich zurückkomme?«

Er schüttelt den Kopf. »Leider nicht. Ich fliege direkt zurück nach New York.«

Wieder gehen wir im Streit auseinander. Ich bin es so leid, mich ständig für meine Loyalität rechtfertigen zu müssen.

»Ja, dann. Guten Flug.«

Ich knalle die Tür hinter mir ins Schloss.

Verdammt! Wenn ich jetzt heule, versaut es sofort meine Wimperntusche. Und heute ist doch ein fröhlicher Tag, nicht wahr?

Das sollte es zumindest sein.

Aber mir ist das letzte Bisschen Feierlaune abhanden gekommen.

Am Sonntagabend setzt mich die Limousine vom Flughafen kurz nach acht Uhr abends vor dem Apartmentgebäude ab, in dem ich seit vier Monaten eine Wohnung habe. Ich fahre in den 18. Stock, schließe meine Wohnungstür auf und lasse die Reisetasche einfach im Eingangsbereich fallen.

Ich brauche einen Schnaps. Nein, besser zwei.

Oder eine ganze Flasche Tequila. Auf ex.

Es ist nicht so, dass ich das Wochenende total schrecklich fand. Sobald ich Junos Freundinnen besser kennenlernen konnte, mochte ich sie. Vor allem Ana ist eine intelligente junge Frau. Mit ihr konnte ich stundenlang über Literatur reden. Wir saßen an der Bar, schlürften Cocktails und beobachteten, wie die anderen Mädchen am Roulettetisch und beim Black Jack ein kleines Vermögen verjubelten.

Mir gefiel Anas Humor. Und Yasmins Übermut, als sie beim Black Jack dreihundert Dollar gewann und uns alle mitten in der Nacht zu einem Burger mit Fritten einladen wollte. Junos Unbeschwertheit. Ich sah sie an diesem Wochenende so oft lachen wie nie zuvor.

Sie war glücklich. Richtig happy. Es war ihr Wochenende, wir waren alle dort, um von ihr Abschied zu nehmen, von Miss Juno Myers, die schon in zwei Wochen Mrs. Dean Tevez sein würde.

Und wenn ich versuche, mir das vorzustellen – Juno, wie sie an der Seite ihres Vaters zum Altar schreitet, wo Dean auf sie wartet – wird mir schlecht.

Dieser Gedanke verfehlt auch jetzt seine Wirkung nicht. Ich eile in die Küche, krame nach einem Glas und ziehe die Flasche braunen Tequila aus der Barschublade. Erst nachdem ich mir den ersten Schluck direkt aus der Flasche gegönnt habe, gieße ich einen zweiten ein.

Einatmen, ausatmen. Es bringt nichts, wenn ich eine Panikattacke bekomme. Hier ist niemand, der mich retten könnte.

»Hallo Lea.«

Ich schreie auf. Das Glas fällt mir aus der Hand und zerschellt auf den Marmorfliesen in tausend Stücke. Mein Herz rast und ich fahre herum.

Die Küche ist zum Wohnzimmer offen. Vor dem Fenster steht ein weißer Ledersessel, und dort sitzt Zuko. Die Ellbogen auf die Armlehnen gestützt und die Hände gefaltet, beobachtet er mich fast belustigt.

»Scheiße, Zuko! Was soll der Mist?«

Wieso müssen diese Kerle eigentlich ständig in meine Wohnung oder mein Hotelzimmer kommen, ohne dass ich sie hereingebeten habe?

Ich bücke mich nach den Scherben und sammle sie ein. Dabei schneide ich mich und fluche leise.

»Ich dachte, du brauchst jemanden zum Reden. War's schön in Vegas?«
Natürlich weiß auch Zuko von dem Ausflug. Es gehört zu seinem Job, jederzeit zu wissen, wo ich mich aufhalte. Und weil ich in der Hinsicht nicht gerade kooperativ bin, hat er seine eigenen Mittel und Wege, es herauszufinden. Klar, er gehört schließlich zum FBI. Zu den Bösen, hätte ich bis vor einem Jahr noch gesagt. Inzwischen ist er für mich der große Hoffnungsträger.
Kein Grund, gleich vor ihm auf die Knie zu fallen. Aber immerhin – er ist für mich da, und darüber bin ich froh.
»Vegas war schön, ja.« Ich werfe die Scherben in das Spülbecken und halte meine Hand mit der Schnittwunde unter kaltes Wasser. Dabei lasse ich ihn nicht aus den Augen.
»Dein Bruder war während eurer Abwesenheit nicht untätig.«
»Mein Bruder ist nie untätig.«
»Wir vermuten, dass er nächste Woche eine große Lieferung Meth aus einem Labor in Mexiko bekommt.«
Mit einem Lappen wischte ich die Tequilareste auf. Dann holte ich ein neues Glas aus dem Schrank. Nach kurzem Zögern stellte ich ein zweites daneben und schenkte auch Zuko einen ein.
»Und? Was soll ich machen? Ihn daran hindern?«
Das kann ich nicht, und Zuko weiß das. Ich bin nur die Schwester, die noch dazu nach ihrem monatelangen Ausflug nach New York unter besonderer Beobachtung steht. Wir haben ja schon fast alles versucht. Aber Dean ist vorsichtig.
»Vielleicht kannst du herausfinden, wo die Übergabe stattfindet. Bei so einer großen Sache wird er dabei sein wollen, nehme ich an.«
»Und wie stellst du dir das vor? Ich gehe zu ihm und sage ›Hey Dean, ihr kriegt da doch eine Wagenladung Meth geliefert, wie wär's, wenn ich dabei bin?‹«
Zuko steht auf und kommt zur Kücheninsel. Ich gebe ihm das Tequilaglas. Er nimmt es, doch dabei sieht er mich unverwandt an, als würde er überlegen, was er mit mir machen soll.

Klinge ich etwas ungehalten?
Vielleicht weil ich es bin.
Knapp drei Monate ist es her, dass das FBI und ich uns auf einen Deal geeinigt haben. Jax' und meine Sicherheit gegen das Tevez-Kartell und Black Swan. Seitdem gab es mehrere konspirative Treffen wie dieses, bei denen Zuko mir auflauerte und mich bat, irgendwas für ihn zu erledigen. Und bisher habe ich mich standhaft geweigert, irgendwas in der Richtung zu unternehmen.
Weil es zu gefährlich ist. Solange Dean mich beobachtet, kann ich nichts tun.
Aber ich bin meinem Ziel bisher keinen Schritt näher gekommen.
»Würde euch das reichen?«, fragte ich. »Diese große Sache mit Mexiko. Wäre das genug, um das Tevez-Kartell zu zerschlagen?«
»Es wäre zumindest ein Anfang.«
Was nicht gerade besonders ermutigend klingt. Oder anders formuliert: Wenn das nur der Anfang ist, habe ich keine Ahnung, wie viel er noch von mir verlangt.
Aber so läuft das, oder? Man setzt ja mit dem FBI keinen Vertrag auf und wartet, bis die Jungs in ihren billigen Anzügen sagen, dass es reicht. Dass man ihnen genug geliefert hat, um den eigenen Bruder und den Vater für den Rest ihres Lebens hinter Gitter zu bringen.
Es ist ein ständiges Verhandeln. Und ich bin es langsam leid. Ich will endlich etwas tun und verdammt, wenn ich schon was tue, dann soll es gefälligst mehr als genug sein.
»Wenn der Deal nächste Woche läuft und die Beweise gegen deinen Bruder reichen, wird es keine Hochzeit geben.«
Ich kaue auf der Unterlippe. Dann kippe ich entschlossen den Tequila runter. Zuko folgt meinem Beispiel.
Ich habe eine Entscheidung getroffen.
»Sag ihnen, dass ich es mache. Ihr kriegt den großen Drogenfisch aus Mexiko. Und dann tauchen Jax und ich unter.«
Gott weiß, wie ich das anstellen soll.
Oder was danach mit Juno wird.

Aber wenn Dean in den Knast wandert, brauche ich keine Angst mehr um sie zu haben.

Oder reicht sein Arm so weit, dass er sie umbringen lässt? Und sei es nur, um mir etwas zu beweisen?

Ich kann es leider nicht ausschließen. Aber das Risiko muss ich wohl eingehen. Außerdem ist hier das letzte Wort noch nicht gesprochen.

Nachverhandeln ist das Zauberwort.

Ich rede mir ein, dass ich es mit allen aufnehmen kann – mit dem FBI, meinem Bruder und allen Drogenkartellen dieser Welt.

2. Kapitel

Das Schlimmste an meinem Versprechen an Zuko ist, dass ich absolut keine Ahnung habe, wie ich es umsetzen soll.

Am nächsten Morgen fahre ich wie gewohnt ins Atelier. Dean hat es mir nach meiner Rückkehr eingerichtet, und auch wenn ich froh bin, irgendwas zu tun zu haben, macht mich dieser große, helle und *perfekte* Arbeitsraum an manchen Tagen furchtbar wütend.

Weil mein Bruder ihn eingerichtet hat. Weil er wirklich glaubt, mit Geld könne er alles kaufen, und sei es eine gefügige, kleine Schwester, die über ihr Kunstschaffen vergisst, dass sie ihn ans Messer liefern will.

Ich bin überzeugt, dass Dean genau Bescheid weiß über meine Verbindung zum FBI. Und dass er eingreifen würde, bevor es für ihn gefährlich wird.

Interessanterweise entstehen mit dieser Wut meine besten Bilder.

Heute ist so ein Tag. Ich wähle eine Leinwand aus, mische auf einer Palette Farben und beginne mit einer knallroten Untermalung. *Blutrot.* Das erscheint mir angesichts der Umstände die passende Farbe.

Die Stille im Atelier tut mir gut. Meist steht das große Tor weit offen, und ich kann die anderen Künstler in den angrenzenden Ateliers werkeln hören. Mona ist neu; sie hat heute ihre Töpferscheibe vor das Atelier geholt, und das gleichmäßige Surren steigt vom Innenhof in den hellen Himmel von Venice auf. Manchmal höre ich sie mit ihrem Hund Troll sprechen. Troll ist ein riesiger, alter Neufundländer, der inzwischen die meiste Zeit im Schatten der Bougainvillea-Bäume liegt und schläft.

Als die Töpferscheibe aufhört zu surren, bin ich so vertieft in mein Gemälde, dass ich es nicht mitbekomme.

»Hey Lea.«

Ich blicke auf. Mona steht in der Tür und hat in den Händen zwei selbstgetöpferte Becher, aus denen Dampf aufsteigt.

Sie kommt näher und reicht mir einen Becher. »Ich dachte,

du kannst mal eine Pause brauchen.«
»Danke.« Eigentlich ist mir nicht nach entspanntem Plaudern mit meinen Künstlerfreunden. Aber wir sind hier in den Höfen wie eine große Familie, und gegen manches kann man sich nicht wehren.
»Das sieht gut aus. Was wird's?«
Ich folge ihrem Blick. Auf der Leinwand entsteht eine Stadtansicht. Schwarzblaue Wolkenkratzer ragen in einen zarten Himmel, das dunkle Rot ist nur noch eine Ahnung.
»Ich hab noch keinen Namen dafür.«
Sie legt den Kopf schief. »Stadt der Engel? Klingt fast zu abgeschmackt.«
Ich lächle nur und schlürfe den Tee. Heiß und süß, genauso wie ich ihn mag. Der Becher liegt gut in der Hand und ist wunderschön.
»Deine Arbeit?«
Sie nickt.
»Ich habe nächste Woche eine Ausstellung«, erzählt sie. »Keine Gebrauchskeramik, sondern Statuen, aus Lehm geformt. Sehr biblisch. Ich habe überlegt, ob du einige deiner Bilder beisteuern möchtest. Die Wände an der Galerie sind sonst so kahl.«
»Das klingt toll.« Trotzdem zögere ich. Denn eine richtige Künstlerin bin ich ja nicht. Ich habe dieses Atelier nur bekommen, damit ich beschäftigt bin.
»Deine Bilder haben das gewisse Etwas. Man merkt, dass du was zu sagen hast.«
»Wow. Danke.« Ich bin verlegen. Mit Lob kann ich nicht umgehen. Vor allem nicht, wenn es mein künstlerisches Schaffen betrifft, das bisher niemand wahrgenommen hat.
»Also bist du dabei? Ich gebe meinem Galeristen deine Telefonnummer, er meldet sich dann. Es sollen nicht mehr als acht oder zehn Bilder sein. Nichts zu großes. Es soll ja nicht von meinen Objekten ablenken.« Sie grinst.
Ich bewundere Menschen, die sich ihrer selbst und der eigenen Kunst so sicher sind. Die wie selbstverständlich davon ausgehen, dass das, was sie mit Herzblut tun, von anderen auch anerkannt wird.

Mein Problem ist auch, dass ich bisher nicht viel geleistet habe. Ich habe meinen Schulabschluss gemacht und war danach am College. Seitdem lasse ich mich treiben. Als ich versuchte, mir einen Job zu suchen, hat mein Vater abgewiegelt. Das wäre doch nicht nötig, ich hätte alles, was ich brauche. Ginge es nach ihm, sollte ich warten, bis sich ein passender Ehemann fand. Beruf: reiche Gattin. Ich fügte mich. Im ersten Jahr nach dem College gefiel es mir, endlich Zeit für mich selbst zu haben. Im zweiten Jahr fing ich eine befristete Halbtagsstelle bei einer Drogenberatung an – ja, ausgerechnet! Und als die sechs Monate rum waren, hatte ich Chrissa kennengelernt und verbrachte viel Zeit mit ihr.

Dann kam New York. Und Jax.

Bin ich eine Künstlerin? Das Handwerk habe ich mir in den letzten Monaten ein bisschen beigebracht, und ich gehe jeden Wochentag für mindestens vier bis sechs Stunden ins Atelier. Aber reicht das? Sagen meine Bilder wirklich mehr als »Hey, seht her, ich bin eine reiche Tochter und kann den ganzen Tag tun und lassen, was ich will«?

»Lea? Ich warte.«

»Ich bin dabei«, sage ich hastig und reiße mich von dem Gedankenstrom los, in den es mich gerissen hat. Ein richtiger Strudel. Und wie so oft, am Ende aller Gedanken steht Jax.

Ich vermisse ihn wirklich sehr.

Hoffentlich kommt er heute Abend zu mir. Manchmal schafft er's nicht, und manchmal steht er vor dem Apartmenthaus, kann aber nicht nach oben kommen, weil das FBI mal wieder meint, etwas besser auf mich aufpassen zu müssen.

»Super!« Mona strahlt. Sie pfeift Troll zu sich und schlendert wieder nach draußen.

Ich setze mich auf einen Hocker und betrachte das Bild. Vielleicht ist »Stadt der Engel« doch kein so schlechter Titel.

Dann kommt mir eine Idee.

Das Bild muss jetzt ohnehin trocknen, bis es weitermalen kann. Ich lehne es an die Wand und beginne auf einer zweiten Leinwand. Wieder mit der blutroten Untermalung, doch dieses Mal ist das Motiv hell auf

schwarzblauem Grund: die Brooklynbridge in New York.
Und ich weiß auch schon einen Titel für dieses zweite Bild. Ich werde es »Stadt des Teufels« nennen.

Ehrlich gesagt hasse ich es, dass sowohl Jax als auch Zuko meinen, mir überall auflauern zu können.

Dieses Mal ist es Jax.

Als ich nach Hause komme, warte ich auf meine Lebensmittel von »Fresh'n'Easy«. Der Bringdienst liefert mir einmal pro Woche alles, was ich brauche.

Diesmal bekomme ich sogar mehr als erhofft.

Mit dem Lieferservice schleicht Jax sich manchmal ins Haus. Ich habe keine Ahnung, wie er dort so schnell als Aushilfsfahrer speziell für mich einen »Job« bekam, aber so gelangt er unbemerkt ins Haus.

Vermutlich ist es – wie bei so vielem – nur eine Frage des Geldes.

Als ich ihm öffne, steht er mit einer grünen Kiste in beiden Händen vor mir.

»Es tut mir leid«, sagt er.

»Mir auch.« Meine Stimme klingt seltsam belegt.

Diese Streits machen mich so müde.

Dafür ist der Versöhnungssex jeden einzelnen Streit wert ...

Ich ziehe ihn in die Wohnung, die Tür knallt hinter uns zu, und dann bleibt ihm gerade noch genug Zeit, die Kiste abzustellen, bevor ich an seinem Hals hänge und ihn küsse.

Er hebt mich hoch. Ich spüre seine Erektion durch seine Jeans, sie drückt hart gegen meinen Schritt. Wir küssen uns ungestüm, er wühlt in meinen Haaren, ich umklammere ihn mit meinen Schenkeln.

Wir schaffen es nicht ins Schlafzimmer.

Jax trägt mich bis zum Küchentresen, dort setzt er mich ab. Nach der Arbeit im Atelier, wo ich meist alte Jeans und eine Bluse trage, habe ich geduscht und mich umgezogen. Unter dem leichten, roten Sommerkleid trage ich kein Höschen.

»Verdammt, Lea«, höre ich ihn murmeln. Meine Hände fahren unter sein T-Shirt, ich suche die Knöpfe seiner Hose und reiße sie voller Ungeduld auf. Als ich meine Hand in seine

Boxershorts schiebe und seinen seidig harten Schwanz spüre, muss ich ein Stöhnen unterdrücken.

Jax hat es eilig. Ich helfe ihm, die Hose runterzuziehen, und dann führt er schon seine Schwanzspitze an meine Spalte und fährt sanft hin und her. Ich bin klatschnass, was er mit einem zufriedenen Knurren quittiert.

Als er in mich eindringt, ganz langsam, spüre ich, wie etwas in mir zerreißt. Die Anspannung der letzten Tage. Der sehnsüchtige Schmerz. Dieser wunderbare Moment der ersten Hingabe, wenn wir noch weit entfernt sind vom Gipfel unserer Lust und doch wissen, dass wir ihn in kurzer Zeit erreichen werden, ist für mich fast das Schönste am Sex.

»Warte«, flüstere ich.

Er stöhnt frustriert auf. »Was denn?«

»Ich will nur ...«

Er bewegt sich. Seine Hände halten meine Oberschenkel weit gespreizt. Ganz langsam dringt er tief in mich ein, zieht sich genauso behutsam wieder zurück.

»Ja?« Er keucht vor Anstrengung, weil er sich kaum zurückhalten kann.

»Es genießen«, flüstere ich.

Er hält inne.

»Lea.« Er klingt seltsam ernst, und ich muss kichern.

»Was denn?«

»Ich habe gerade einen Fünfstundenflug hinter mir, bei dem eine jüdische Oma versucht hat, mich zu ihrem Glauben zu bekehren. Und du willst jetzt was? Reden?«

Die Vorstellung, wie eine ältere Dame versucht, mit Jax ins Gespräch zu kommen, finde ich äußerst amüsant. Wieder muss ich kichern.

»Lass das«, knurrt er. »Ihr war es ziemlich ernst damit. Und mir«, er stößt heftig in mich, und ich schreie überrascht auf, »ist es auch ernst.«

Er sucht in meinem Gesicht nach einer Antwort.

»Mir ...« Weiter komme ich nicht, denn das genügt ihm. Er beginnt, mich zu ficken. Hart und schnell. Ausdauernd. So heftig, dass ich mich schon bald nur noch an ihn klammern kann. Ich schreie auf, als mein Orgasmus über mich

hinwegrauscht. Kurz darauf kommt er in mir.
Danach bin ich einen Moment lang wie betäubt. Mir klingeln die Ohren, so laut habe ich meine Lust rausgeschrien. Jax hält mich fest, bis ich ihn langsam von mir wegschiebe.
»Das ...«
»Ja.«
Erwähnte ich, dass es diese Situationen gibt, in denen wir nur wenig Worte brauchen? Dies ist eindeutig so ein Moment.
Unser Streit von Samstagabend ist vergessen. Wir haben ihn einfach weggevögelt.
Ich bin einfach nur froh, weil er bei mir ist. Jedes Mal wieder, wenn er zu mir kommt, entlädt sich meine Erleichterung und die ständige Angst um ihn in einem heftigen Orgasmus. Danach will ich ihn nicht wieder gehen lassen.
Aber ich weiß, dass das nicht geht.
Jax räuspert sich und zieht die Hose wieder hoch. Ich zupfe das Kleid zurecht und springe von der Theke. Dann holt er die Kiste mit den Lebensmitteln.
Während ich die Eiscremeschachteln, Tiefkühlpizzen und die neue Flasche Tequila in den Küchenschränken und dem Tiefkühlfach verstaue, lehnt Jax entspannt an der Theke und beobachtet mich. Er hat uns beiden ein Glas Ginger Ale eingegossen und jeweils drei Eiswürfel hineingegeben – genau so, wie ich es mag. Zwischendurch trinke ich ein paar Schlucke. Ich fühle mich völlig ausgedörrt.
»Alles okay?«, fragt er.
Ich knalle eine Vorratsschublade zu. »Klar. Was soll nicht okay sein?«
Den ganzen Tag grüble ich nun schon darüber nach, wie ich fürs FBI herausfinde, wann und wo die Lieferung aus Mexiko eintrifft. Ob Jax mir bei der Frage helfen kann?
Ich versuche es einfach.
»Wenn ein Drogenkartell eine Lieferung erwartet, wie läuft das normalerweise ab?«
Er mustert mich erstaunt. »Willst du jetzt ins Familienunternehmen einsteigen? Ich dachte, wir hatten andere Pläne.«
Wir. Wenn er das so selbstverständlich sagt, wird mir ganz

warm ums Herz.
»Schon. Es ist nur ...« Ich atme tief durch. »Es geht um die Dinge, die ich für Zuko machen soll.«
»Das klingt irgendwie gefährlich.« Er stellt sich hinter mich und vergräbt das Gesicht an meinem Hals. Seine Lippen berühren meine empfindliche Haut, und ich erschauere. Er weiß immer, was ich gerade brauche ...
»Ach, es ist nur ...« Ich zögere. Doch dann gebe ich mir einen Ruck. »Es geht um eine Drogenlieferung aus Mexiko. Die wollen sie mit der DEA zusammen abfangen, brauchen aber mehr Informationen.«
Jax tritt einen Schritt zurück. »Hm«, macht er. »Okay, es gibt mehrere Möglichkeiten. Das Problem ist nicht mal die Grenze, die kann man überwinden. Es gibt genug bestechliche Grenzbeamte auf beiden Seiten.«
»Aber?«
»Sobald man auf dieser Seite ist, gehen die Probleme los. Nimmt man ein Auto? Einen Lastwagen? Wird die Lieferung abgefangen, sind unter Umständen Hunderte Kilo Stoff auf einmal weg. Das riskiert keiner. Nicht, wenn der Markt so umkämpft ist.«
»Wie würdest du dann vorgehen?«
Während ich mein Ginger Ale trinke, erzählt Jax. Davon, wie man die Drogen über die Grenze bringt, wie man sie verteilt und in kleinen Portionen von A nach B bringt. Wie man dann einen Sammelort festlegt, der einigermaßen sicher ist.
»So wie die Fabrik am Hafen von Brooklyn für Swan?«
»So ähnlich. Dort kommen die Päckchen über viele kleine Kuriere an.«
»Kommt eure Ware auch aus Mexiko?« So langsam verstehe ich, wie das läuft. Wenn Swan eines seiner legalen Unternehmen nutzt, um die illegalen Lieferungen zu verschleiern, könnte mein Bruder dasselbe machen.
Ich müsste mich also nur vermehrt mit dem »offiziellen« Familienbetrieb auseinandersetzen. Das dürfte nicht so schwer sein, ohne dass Dean Verdacht schöpft.
Und wenn er irgendwo versucht, mich davon abzubringen,

weiß ich, dass ich auf dem richtigen Weg bin.
»Hast du schon gegessen?«
Ich schüttle den Kopf.
»Wollen wir was bestellen?«
»Von mir aus.« Er wählt den Lieferdienst aus und bestellt online für uns. Ich sitze derweil auf einem der Barhocker an der Frühstückstheke und beobachte ihn.
Ich will nicht, dass er geht. Wenn ich Glück habe, bleibt er über Nacht, bevor er nach New York zurückfliegt, und danach höre ich tagelang nichts von ihm. Bis er plötzlich wieder vor mir steht. Dass wir uns in vier Tagen zweimal gesehen haben, ist schon ein Glücksfall und wird so bald nicht wieder vorkommen, nehme ich an.
»Ich habe dir was mitgebracht.« Jax hat das Telefonat beendet. Er holt die zweite Kiste aus dem Eingangsbereich und beginnt, die Lebensmittel auszupacken und auf dem Tresen auszubreiten, bis er ganz unten eine Papiertüte hervorzieht.
»Für mich?«
»Ein Geschenk. Sozusagen.« Sein Lächeln wirkt nicht besonders glücklich.
Ich ziehe aus der Papiertüte eine 45er Smith and Wesson. Ich starre ihn einen Moment lang entsetzt an. Dann lege ich die Waffe, die erstaunlich schwer in der Hand liegt, behutsam auf den Tresen und mache einen Schritt nach hinten.
»Nein«, sage ich nur.
»Nein?«
»Ich will keine Waffe.«
Er legt ein Päckchen mit Munition daneben.
»Du wirst aber eine brauchen, Lea.«
»Wozu?« Ich recke trotzig das Kinn.
»Um zu überleben.«
Ich starre die Waffe an.
»Damit kann ich nicht umgehen.«
»Ich zeige es dir. Es ist ganz einfach.«
»Nein«, wiederhole ich.
Jax seufzt. So schwer hat er es sich offenbar nicht vorgestellt, mich vom Tragen einer Schusswaffe zu

überzeugen.
»Erklärst du mir auch, warum?«
»Mit Waffen tötet man.«
»Ohne Waffen stirbt man. Zumindest in unserer Welt. Was wir vorhaben, ist gefährlich, Lea. Ich kann nicht verantworten, dass du dich nicht verteidigen kannst.«
»Dann melde mich doch zu einem Sicherheitstraining am Community College an. Oder zeig mir, wie ich mich verteidigen kann.«
»Tue ich doch.« Er schiebt die Pistole etwas näher zu mir.
Ich schiebe sie zurück zu ihm.
»Lea...«
»Ich kann das nicht. Ich kann nicht auf Menschen schießen, nur weil... ich Angst habe.«
Ginge es danach, müsste ich jeden Tag Amok laufen.
»Du sollst auch nicht ständig... Hör zu, es gibt Gründe dafür, dass ich jetzt damit komme.«
»Und zwar?«
Er antwortet nicht.
Wir stehen ein paar Minuten schweigend voreinander, die Pistole zwischen uns. Dann setze ich mich wieder hin und sehe ihn erwartungsvoll an.
»Du wirst mir schon einen Grund nennen müssen, warum ich eine Pistole mit mir herumtragen soll.«
»Es geht los. Bald.«
Ich warte, doch mehr sagt er nicht.
»Wir tauchen unter? Mit dem FBI? Oder machen wir's jetzt doch allein?«
»Wenn sie nicht bald etwas tun, machen wir es ohne das FBI. Obwohl ich nicht hoffe, dass es soweit kommt.«
Ich atme auf. Wenigstens passiert etwas.
»Aber ich habe dir vorhin erzählt, dass ich nur noch eine Sache für Zuko erledigen soll. Danach können wir untertauchen.«
»Darauf will ich mich aber nicht verlassen«, erklärt Jax ernst. »Hör zu, wenn wir allein verschwinden, fehlt uns der Schutz von Zuko und seinen Leuten. Darum die Pistole.«
Zögernd berühre ich den Lauf. Sie fühlt sich so kühl an...

»Ich habe noch nie geschossen.« *Schon gar nicht auf einen Menschen.*
»Das ändern wir. Aber nicht heute. Ich möchte heute einfach nur mit dir zusammen sein.«
Und alle Sorgen vergessen.
Er spricht es nicht aus, aber ich sehe es in seinen schokoladenbraunen Augen. Und ich verstehe, was er meint.
»Ich habe Angst«, sage ich leise.
»Ich auch.«
Erstaunlicherweise finde ich das sehr beruhigend.

Jax bleibt über Nacht. Wir gehen früh ins Bett, und ich schlafe in seinen Armen ein. Als ich aufwache, liegt nur ein Zettel auf seinem Kopfkissen.
Muss meinen Flug erwischen. Bin bald wieder da!
Ich seufze und drehe mich noch mal auf die andere Seite. Gestern Abend haben wir viel geredet. Über unsere Flucht. Darüber, was wir dafür noch organisieren müssen. Ich war erstaunt, weil er so vieles schon geplant und bedacht hat. Und während des Gesprächs erkannte ich, dass Jax sich ganz und gar nicht aufs FBI oder die DEA oder irgendjemanden verlässt. Er zählt lieber auf sein eigenes Können.
Aber bis es soweit ist, soll ich mein Leben ganz normal weiterführen, hat er gesagt. Als wäre das so leicht.
Ich stehe auf, koche mir einen besonders großen Becher Kaffee und kuschle mich auf dem Sofa ein. Während ich den Kaffee schlürfe, surfe ich im Internet über diverse Nachrichtenseiten. Das habe ich mir angewöhnt, in der stillen Hoffnung, ein Gespür dafür zu bekommen, welche Verbrechen in dieser Stadt von den Männern meines Bruders begangen werden. Manches ist offensichtlich – Schießerei zwischen zwei rivalisierenden Gangs an einer Straßenecke zum Beispiel. Da geht es dann um die Kontrolle über ein Gebiet, eine Straße, ein Viertel. Andere sind nicht ganz so offensichtlich.
Als ich aber folgende Schlagzeile lese, spüre ich ein Kribbeln im Nacken.
Prostituierte in Müllcontainer gefunden.
Darunter das Foto eines Müllcontainers in einem

schmuddeligen Hinterhof, aus der Ferne aufgenommen. Man sieht sogar die Plastikschildchen der Spurensicherung und das gelbe Absperrband.

Ich klicke den Artikel an und lese: *Gestern Abend wurde in einem Müllcontainer hinter einer Pizzeria in Compton die Leiche einer jungen Frau gefunden. Nach Angaben der Polizei handelt es sich dabei um die neunzehnjährige Emma Ward, die bereits einschlägig bekannt ist. Offenbar wurde sie erwürgt.*

Ich schüttle mich und klicke den Artikel weg. Das geht mich nichts an, denke ich. So zynisch das auch klingt, aber im Großraum L.A. werden täglich irgendwelche Prostituierte getötet, und manchmal wird eben auch eine erwürgt.

So wie damals das Callgirl. Als Chrissa und ich in Vegas waren ...

»Schluss damit!« Ich stehe auf und strecke mich. Mir stecken die letzten Tage noch in den Knochen, und ich beschließe, im Schwimmbad auf dem Hausdach ein paar Bahnen zu ziehen, bevor ich ins Atelier fahre.

Als ich eine Dreiviertelstunde später im Bademantel und vom Schwimmen angenehm ausgepumpt zurückkomme, tanzt mein Smartphone über die Theke in der Küche. Ich hechte hin und nehme ab, doch zu spät.

Sieben Anrufe in Anwesenheit.

Alle kommen von derselben Nummer. Juno.

Sie hat mir keine Nachricht auf der Mailbox hinterlassen.

Das Kribbeln im Nacken ist sofort wieder da. Ich wähle ihre Nummer und versuche, das Zittern zu ignorieren.

»Lea?«

»Hey, du hast angerufen.« Ich versuche, ruhig zu bleiben. Vielleicht ist es ja auch nur ein Brautnotfall. Sowas kommt doch vor, oder? Dass die Braut plötzlich kurz vor der Hochzeit nicht mehr ins Kleid passt oder an ihrem Schuh der Absatz abbricht oder der Caterer irgendwelchen Mist baut ...

Ich höre sie schluchzen.

Kribbel, kribbel, kribbel ...

»Juno, was ist los?«

»Es ist ... Dean.«

Oh, okay. Vielleicht haben sie sich gestritten? Noch immer

versuche ich mir einzureden, dass dieses ungute Gefühl nichts zu bedeuten hat.

Weil sie nicht weiterspricht, frage ich: »Was ist mit Dean?« Juno kann vor lauter Weinen nicht sprechen. Ich atme tief durch, übe mich in Geduld.

Endlich fängt sie an zu sprechen.

Aus dem Kribbeln wird ein eisiger Schmerz.

3. Kapitel

Meine erste Leiche sah ich mit zweiundzwanzig.
Nichts hatte mich darauf vorbereitet, niemand hatte mir gesagt, dass es ein ziemlich verstörender Anblick sein könnte. Ich stand in der Hotelsuite und starrte auf die leblose Gestalt auf dem Bett. Es war eine junge Frau. Vielleicht achtzehn oder neunzehn? Kaum älter. Sie trug nur ein knappes, schwarzes Kleid, das so weit hochgeschoben war, dass ich ihre nacktrasierte Scham sehen konnte. Die Arme lagen schlaff und wie gekreuzigt auf der Matratze ausgebreitet, und an ihrer Schläfe war eine Abschürfung, die sich bereits purpurn verfärbte. Die kurzen, knallrot gefärbten Haare ließen ihr Gesicht grau wirken – bis ich merkte, dass es tatsächlich so grau war. Ihre Haut hatte im Tod jeden Glanz verloren.
Das Schlimmste aber waren die Augen. Wie tot. So vollkommen leer und gebrochen, dass sie mich an ein überfahrenes Reh denken ließen. Ich starrte sie einfach nur an und fragte mich, wer so etwas tun würde. Wer ließ ein Mädchen so verrecken und dann liegen, als wäre sie nichts wert?
Ich kannte die Antwort.
Sah ich in dem Moment schon die Würgemale am Hals? Erkannte ich, woran sie gestorben war?
Neben mir rührte sich Chrissa. Sie trat vor und tat etwas, wofür ich sie unendlich bewunderte.
Sie schloss der Toten die Augen.
»Was ist hier passiert?«, fragte ich.
Sie schüttelte nur den Kopf.
Als wollte sie sagen: Das willst du gar nicht wissen.
»Chrissa? Wo ist Dean?«
Das musste ein Irrtum sein, oder?
Denn wir standen in Deans Suite. Durch die Verbindungstür waren wir aus unserer Suite gekommen, weil Chrissa ihn überraschen wollte. Sie hatte sich so auf dieses Wochenende gefreut, und ihre kindliche Freude über die Geschenke meines Vaters dehnte sich auf die ganze Familie

aus. Die letzte Stunde hatten wir nebenan auf ihrem Bett geruht und eine Flasche Champagner geleert, den ich jetzt ziemlich deutlich spürte.

Aber es war kein Schwindel, kein Kopfschmerz, kein leicht kribbeliges Beschwipstsein.

Mir wurde einfach nur kotzschlecht.

Ich stürzte zum Badezimmer, riss den Klodeckel hoch und übergab mich, bis meine Kehle vom Würgen schmerzte. Dann blieb ich vor dem Klo knien und fing an zu heulen.

Denn ich wusste ganz genau, was das zu bedeuten hatte. Warum in Deans Suite ein totes Mädchen auf dem Bett lag.

Es gab dafür nur eine logische Erklärung, aber die wollte ich nicht akzeptieren.

Mein Bruder war kein Mörder. Er hatte seine Fehler, aber einen Menschen umbringen? Ich dachte bisher, dass er dazu nicht fähig war.

Offenbar hatte ich mich geirrt.

Chrissa war mir ins Bad gefolgt. Sie streichelte meinen Rücken und wartete, bis die Tränen verebbt waren. Dann drückte sie mir eine Handvoll Papiertaschentücher in die Hand. »Komm, wir müssen verschwinden, bevor ...«

Zu spät. Die Zimmertür wurde entriegelt. Wir hörten zwei Männerstimmen. Ich schlug vor Schreck die Hand vor den Mund. Fast hätte ich geschrien.

Chrissa legte den Finger auf die Lippen. Sie streifte ihre Schuhe ab und schlich zu der Tür, die einen Spaltbreit offen stand. Ich blieb vor dem Klo hocken, während sie ins angrenzende Schlafzimmer sah.

Nebenan waren die Männer ums Bett versammelt.

»Schade drum«, hörte ich einen sagen.

»Sie hat's nicht besser verdient.« Das war eindeutig Deans Stimme. Hatte ich bis zu diesem Moment noch irgendwelche Zweifel gehegt, war dies nun vorbei.

»Dann wollen wir mal.«

Die Geräusche von nebenan klangen fast bedrohlich. Offenbar hoben sie das tote Mädchen vom Bett. Das Rascheln von Plastik, dann ein Poltern und Fluchen. Chrissa schob die Tür einen Spalt auf und beobachtete, was da draußen geschah.

Ich wusste nicht, warum sie das tat. Sie war ein herzensguter Mensch. Wollte sie zur Polizei? Oder zu meinem Vater? In beiden Fällen wäre es gut, wenn sie alles mit eigenen Augen gesehen hätte.

Das Verpacken der Leiche dauerte nicht lange. Nach nicht mal fünf Minuten war der Spuk vorbei. Chrissa wartete, nachdem die Zimmertür ins Schloss fiel. Dann gab sie mir ein Zeichen, und wir rannten so schnell wir konnten zurück in unsere Suite.

Ich warf mich dort auf das Sofa und rollte mich zu einem winzigkleinen Menschenknäuel zusammen. Jetzt setzte der Schock ein, und ich fror wie noch nie zuvor in meinem Leben. Chrissa legte eine Decke um meine Schultern und rief beim Zimmerservice an und bestellte heißen Tee.

Ich wusste nicht, was ich tun sollte.

Irgendwann schaffte Chrissa es, mich vom Sofa ins Bett zu bringen. Sie war genauso geschockt wie ich, aber irgendwie gelang es ihr, in dieser schrecklichen Situation zu funktionieren. Weil ich nicht im Dunkeln allein sein wollte, legte sie sich zu mir.

Wir sagten nicht viel. Ich starrte sie an, und sie erwiderte meinen Blick. Irgendwann nahm sie meine Hand, und das gab mir genug Halt, um langsam in den Schlaf zu gleiten.

Kurz bevor ich ganz wegdriftete, fing sie an zu sprechen.

»Ich glaube, dein Bruder hat mich gesehen. Er stand am Fußende des Betts und hat die anderen Männer die Drecksarbeit machen lassen. Da hat er aufgeschaut, und sein Blick bohrte sich in meinen. So viel Hass. So viel ... Er ist ein Monster, Lea. Ich weiß nicht, warum er so etwas tut, aber ich habe Angst vor ihm.«

Ich schlief selig ein. Als wäre dies die beste Gutenachtgeschichte aller Zeiten.

Er hatte sie gesehen, und darum musste auch Chrissa sterben.

Aber das begriff ich erst, als ich ihre Leiche fand.

Von meinem Apartment brauche ich zu der schicken Villa meines Bruders etwa eine halbe Stunde. Was nach L.A.-

Standard ein Katzensprung ist.
Vor dem Haus parken zwei unauffällige Limousinen. Vermutlich Polizei. Das ungute Gefühl verstärkt sich.
Als ich klingle, entsteht im Haus Bewegung. Juno kommt zur Tür, sie reißt sie auf und fällt mir um den Hals. Sie weint so heftig, dass es mich schüttelt.
»Er ist weg!«, ruft sie immer wieder. »Weg, weg, weg ...«
Ich weiß gerade nicht, ob ich vor Erleichterung mitheulen oder mir nicht doch ein bisschen Sorgen machen sollte. Erstmal schiebe ich Juno sanft von mir. Sie trägt eine Jeans und einen korallenfarbenen Pullover. Ihre Füße sind nackt, die Haare ungekämmt.
»Seit wann?«, frage ich sanft.
»Seit Sonntagabend. Ich ... wir haben uns gestritten, nachdem ich aus Vegas zurückkam. Aber ...«
»Komm, wir gehen erstmal ins Haus.« Ist ja nicht nötig, dass die Nachbarn unser Drama beobachten.
Wir gehen ins Wohnzimmer. Auf dem weißen Ledersofa sitzen zwei Detectives, die aufstehen und sich mir vorstellen. Margo Tremayne und Walt Balcke sehen wie die typischen Cops aus. Sie trägt eine karierte Bluse zu Chino und festen Schuhen, er scheint großer Fan von schrillbunten Hawaiihemden zu sein und fährt sich immer wieder über das sauber gestutzte Ziegenbärtchen.
Ich mag beide nicht.
»Was ist passiert?«, frage ich.
Juno setzt sich wieder aufs Sofa. »Wir haben uns Sonntag gestritten. Er ... ist danach einfach verschwunden ...«
Tapfere Juno. Sie vergöttert ihren DeeDee, aber lässt sich nicht alles von ihm gefallen.
»Er war total betrunken und wollte dann mit mir Sex. Als ich nicht wollte ...« Sie heult still. Ich rücke näher und lege den Arm um ihre Schulter.
»Er hat mich geohrfeigt, und dann ist er wieder weg. Mit seinem Lamborghini ist er losgefahren. Und seitdem hab ich nichts von ihm gehört. Er ist einfach ... verschwunden.«
»Und er geht auch nicht ans Handy?«, frage ich.
Sie schüttelt stumm den Kopf.

Nicht gut. Aber das sage ich nicht laut. Die beiden Ermittler werden schon schlau genug sein, einen Zusammenhang herzustellen.

»Was mache ich denn jetzt, Lea?«

Ich blicke die beiden Detectives erwartungsvoll an. Margo Tremayne räuspert sich. »Wir haben aktuell keine Anhaltspunkte, dass sein Verschwinden etwas mit einem Gewaltverbrechen zu tun hat. In den Krankenhäusern wurde auch kein Unbekannter eingeliefert, auf den die Beschreibung Ihrer Schwester passt.«

Schwester?

Chrissa ist ihre Schwester ...

Mir wird schwindelig, aber der Moment verfliegt so schnell, wie er gekommen ist. Wenn ich für die Cops Junos Schwester bin, dann ist das so.

»Außerdem ist er ein erwachsener Mann. Er kann tun und lassen, was er will. Solange keine Anzeichen eines Gewaltverbrechens vorliegen, sehen wir keinen Handlungsbedarf.«

Juno sieht mich an. Ich weiß, was sie von mir erwartet.

Sag denen irgendwas, damit sie Handlungsbedarf sehen!

Aber ehrlich gesagt ist es mir schnuppe, dass Dean gerade wieder einen seiner Egotrips abzieht. Vielleicht ist das gar nicht so schlecht, damit Juno sieht, mit wem sie sich da eingelassen hat.

»Ich danke Ihnen, Detectives. Können wir noch irgendwas tun?«

»Sie können Freunde anrufen, bei denen er sein könnte. Und am besten Geduld haben. Die meisten Männer tauchen nach drei bis fünf Tagen mit einem riesigen Blumenstrauß wieder auf.« Mrs. Tremayne lächelt angespannt. Ich weiß, was sie eigentlich sagen will, sich aber mühsam verkneift.

Verwöhnte Neureiche. Verplempern die Zeit der Polizei damit, irgendwelchen zukünftigen Ehemännern nachzujagen. Dabei haben wir echt Besseres zu tun.

Ob sie darüber anders denken würde, wenn sie wüsste, wer mein Bruder ist?

Ich will es lieber nicht drauf ankommen lassen.

»Vielen Dank jedenfalls, dass Sie so schnell kommen konnten.«

»Kein Problem, dafür sind wir da.«

Die beiden Polizisten verlassen beinahe fluchtartig das Haus. Juno hat sich auf dem Sofa eingerollt und hält ein Kissen vor die Brust gepresst. Als ich zurück ins Wohnzimmer komme und mich zu ihr setze, zuckt sie vor meiner Berührung zurück.

»Was ist wirklich passiert?«, frage ich leise.

Ihr Gesicht ist vom Heulen geschwollen, aber immer noch wunderschön. Sie schnieft, und ich reiche ihr ein Taschentuch. Geduldig warte ich, bis sie bereit ist, mir alles zu erzählen.

»Hast du das in den Nachrichten gehört? Von der Nutte in Compton?«

Ich nicke.

»Das war Dean.«

»Hast du das auch der Polizei erzählt?«, frage ich sanft.

Sie schüttelt heftig den Kopf.

»Aber wie kommst du drauf, dass Dean etwas mit dem toten Mädchen im Müllcontainer zu tun hat?«

Ich bringe das Wort Nutte nicht über die Lippen. Es erstaunt mich, dass Juno es so leichtfertig ausspricht.

»Das hat er mir erzählt.«

Mein Gott. Ich kann nicht atmen. Einen Moment lang glaube ich, gleich vom Sofa zu kippen und auf den Boden zu knallen. Das ist ein Alptraum.

Und zugleich meine beste Chance, um Juno zu erreichen. Vielleicht kann ich ihr jetzt erzählen, wer Dean wirklich ist.

»Er kam erst kurz vor Mitternacht nach Hause. War so finster und hat mich beschimpft. Da habe ich ihn gefragt, was los ist. Er meinte, er habe auch ein bisschen Spaß haben wollen, wenn ich schon das ganze Wochenende nicht da bin.«

Sie wählt ihre Worte mit Bedacht.

»Er hat eine etwas ... andere Auffassung von Sex«, fügt sie hinzu. »Ich kannte das vorher nicht, aber es gefiel mir. Manchmal ...« Sie legt die Hand an die Kehle und ich verstehe.

Er würgt sie. Selbst vor Juno macht seine gewalttätige Ader nicht Halt.

»Anfangs hatte ich Angst davor. Dann hat er mir versichert, dass es toll ist, und ich habe ihm vertraut. Sonntag hat er mir erzählt, er sei zu dieser Nutte gegangen, weil ich nicht da war. Er wollte Dampf ablassen.«
»Juno...«
Ich will mir die Ohren zuhalten. Das alles ist zu viel für mich. Aber sie spricht unbeirrt weiter, gerade so, als habe sie sich in den letzten zwei Tagen immer wieder diese Geschichte erzählt, bis sie in ihren Ohren halbwegs plausibel klang.
»Es hat nichts mit uns zu tun, hat er gesagt. Dass er manchmal mit Nutten ins Bett geht, meine ich. Dass er sich bei ihnen holt, was ich ihm nicht geben kann. Aber sie war irgendwie nicht so, wie er's wollte, und als er sie würgte, geriet sie in Panik, obwohl er ihr versicherte, dass es nur ein Spaß sei. Er meinte, da habe er irgendwie die Kontrolle verloren und noch fester zugedrückt, weil er nicht wollte, dass sie nach ihm schlug und ihn kratzte. Und plötzlich rührte sie sich nicht mehr und lag schlaff unter ihm. Da hat er's mit der Angst zu tun bekommen.«

Sicher, denke ich. Mein Bruder erwürgt ein Mädchen und kriegt danach Panik. Klingt ganz nach Dean Tevez.

Mir wird schlecht.

Dean hat Juno allen Ernstes erzählt, dass er das Mädchen ermordet hat – und damit meine schlimmste Befürchtung bestätigt. Aber an einem gewissen Punkt weicht er geschickt von der Wahrheit ab – dort nämlich, wo es um die Frage geht, ob es ein Unfall war, ob er die Kontrolle verloren hat – oder ob er gemordet hat, weil er das schon häufiger getan hat.

Weil es ihm Freude bereitet.

Zumindest bin ich davon überzeugt.

»Was soll ich denn jetzt machen, Lea? Er stank, als hätte er in Wodka gebadet und sich anschließend im Müll gewälzt. Ich weiß, das alles ist nicht zu entschuldigen ...«

Aber es ist mehr als genug. Ich nicke.

»Ich habe die Polizisten angelogen«, fährt sie fort.»Sie haben gefragt, wann Dee... wann er abends kam. Ich hab ihnen gesagt, das müsse früh gewesen sein, um fünf. Und danach sei er bis kurz vor Mitternacht geblieben. Aber das stimmt nicht.

Er war nur eine halbe Stunde hier. Dann war er wieder weg.«
»Okay.« Ich atme tief durch. Mich bewegen gerade ziemlich viele Fragen, aber ich muss erst Ordnung in meine Gedanken bringen.
Warum tut er das? Welchen Sinn hat es für ihn, ein armes Mädchen zu ermorden und es dann im wahrsten Sinne des Wortes in den Müll zu werfen? Geht es hier um mehr? Hat das wieder etwas mit seinen Machtkämpfen zu tun?
Juno hat er damit jedenfalls gefügig gemacht, das erkenne ich sofort. Sie ist ein Häuflein Elend und weiß überhaupt nicht, was sie tun soll. Ich bin genauso ratlos, aber ich bin nicht bereit, mich davon unterkriegen zu lassen.
Ich bin schon einmal weggelaufen. Das mache ich nicht noch mal.
»Wo ist er jetzt?«
Sie blickt zu mir auf. Ihr Gesicht ist tränennass. »Ich habe ihm versprochen, es niemandem zu sagen.«
»Juno.« Ich stehe so kurz davor, die Geduld mit ihr zu verlieren. Aber ich weiß, dass das auch nichts bringt – dann wird sie vermutlich noch weniger reden, und dann kann ich lange nach meinem Bruder suchen.
Sie hält den Kopf gesenkt.
»Bei Vic«, sagt sie schließlich leise.
Ich nicke. Das passt zu meinem Bruder.
»Ich fahre hin.«
Ich greife nach meiner Handtasche, die ungewöhnlich schwer ist. Die Pistole. Ich habe sie eingesteckt, obwohl ich nicht weiß, wie man sie überhaupt lädt oder damit schießt.
Nein, ich werde meinen Bruder nicht erschießen. Obwohl ich nicht übel Lust dazu hätte.
»Lea, nicht!« Juno springt auf und stolpert hinter mir her. Sie packt meinen Arm und reißt mich herum. Dabei rutscht der Pullover von ihrer linken Schulter. Ich starre wortlos auf den handtellergroßen Bluterguss knapp unter ihrem Schlüsselbein.
Er schlägt sie?
Juno bemerkt meinen entsetzten Blick. Hastig zieht sie den Pullover wieder hoch. »Ich bin die Treppe runtergefallen«, sagt

sie leise.

Verdammt. Ich kann mich gerade nicht auch noch darum kümmern. Wichtiger ist Dean. Mit ihm muss ich ein ernstes Wörtchen reden. Oder auch zwei. Denn er kann meinetwegen viel machen. Aber Juno schlagen, das ist so widerlich, dass ich überlege, ob ich das mit der Waffe nicht doch irgendwie alleine hinbekomme.

Er ist bei Vic.

Die Worte dröhnen mir noch in den Ohren, als ich in die Allee zu der Orangenplantage einbiege. Ich gebe Gas. Mein kleiner Sportflitzer schießt unter den hohen Ulmen dahin auf das weiße Herrenhaus zu. Links zweigt ein Weg zu den Gewächshäusern und den Ställen ab. Weite Koppeln erstrecken sich links und rechts hinter den Baumreihen, und einige Pferde heben erstaunt die Köpfe.

Vor dem Haus parkt der mattschwarze Lamborghini meines Bruders. Ich stelle meinen Wagen direkt dahinter ab und steige aus.

Die Handtasche lasse ich im Wagen. Ist vielleicht besser so – ich will nicht, dass irgendwer zu Schaden kommt.

Auch nicht mein Bruder.

Die zwei Stunden Fahrt hier raus haben den wunderbaren Effekt, dass ich mich einigermaßen beruhigt habe.

Er sitzt mit Vic auf der Veranda. Als er mich kommen sieht, steht Dean auf und kommt mir zwei Schritte entgegen.

Wir bleiben voreinander stehen. Ich spüre seine Feindseligkeit, zugleich aber mustert er mich interessiert. Als wäre ich ein seltenes Insekt. Oder eine Laborratte. Vielleicht passt das besser, denn er spielt mit meinen Gefühlen. Er schaut, wie oft er mir einen Köder hinhalten muss, bis ich automatisch springe, nur weil er die leere Hand hebt.

»Hallo Lea«, begrüßt er mich kühl.

»Du hast Vic lange nicht besucht, oder?«

Ich schiebe mich an ihm vorbei und begrüße meinen ältesten Bruder.

Vic sitzt in einem Rollstuhl, der wie ein Ruhesessel mit hoher Rückenlehne und Kopfstütze ausgestattet ist. Sein Kopf bleibt reglos; nur die Augen bewegen sich in meine Richtung, als ich ihn behutsam umarme.

»Hallo, großer Bruder«, flüstere ich.

Er gibt nur ein unverständliches Lallen von sich.

Ich streichle seine Wange, weil ich weiß, wie sehr er das mag. Seine Pflegerin hat ihn heute Morgen rasiert und ihn dabei geschnitten. Ich nehme mir vor, sie später darauf anzusprechen. Nur weil er sich über schlechte Behandlung nicht beklagen kann, ist das kein Grund, ihn nicht mit Umsicht zu behandeln.

Seit einem Unfall vor sechs Jahren ist mein ältester Bruder Victor Tevez in einer Art Wachkoma gefangen. Nach dem Unfall lag er erst wochenlang im künstlichen Koma, und als die Ärzte ihn schließlich weckten, stellten sie fest, dass er irreparable neurologische Schäden davongetragen hatte. Mein großer, starker Bruder Vic, Held meiner Kindheit, war seit diesem Tag in seinem Körper gefangen, ohne dass ich beurteilen kann, ob er auch nur ein Wort von dem versteht, was man ihm sagt. Aber für mich ist er immer noch da, irgendwo in seinem Körper schlummert seine große Seele.

Mit ihm an der Spitze des Tevez-Kartells wäre manches anders gekommen.

Manchmal reagiert er ganz schwach auf seine Umgebung, und man weiß nie, wie viel er tatsächlich mitbekommt.

Nachdem klar war, dass sich an seinem Zustand wahrscheinlich nichts mehr ändern wird, hat mein Vater ihn auf diesem Anwesen weit draußen vor den Toren von L.A. untergebracht. Hier war Victor früher gerne – er liebte es zu reiten. Ich habe die Entscheidung meines Dads nie in Frage gestellt. Inzwischen weiß ich nicht, ob es Vic gegenüber nicht grausam ist, ihn den ganzen Tag auf die Koppeln mit seinen geliebten Pferden starren zu lassen. Er wird nie wieder ein Pferd streicheln, geschweige denn in den Sattel steigen.

Ich setze mich auf einen Hocker. Dean lässt sich auf das Sofa mit den tiefen Polstern fallen und brüllt nach mehr Alkohol.

»Ich war bei Juno«, fange ich an.

Dean schnaubt.

Aus dem Haus kommt eine junge, sehr hübsche Latina. Sie trägt eine altmodische Schwesterntracht, bestehend aus einem grauen Kleid, einer weißen Schürze und Schuhe mit Kreppsohlen. Auf ihrem Scheitel sitzt ein kleines, weißes Käppchen, platt wie ein Pfannkuchen. Sie nickt mir zu und überreicht Dean eine frisch gemixte Margarita.

»Trinkst du schon den ganzen Tag?«
»Was soll ich sonst hier draußen machen?«
Ich antworte nicht.
»Maria, Bring meiner Schwester auch eine Margarita.«
Ich schüttle stumm den Kopf.
»Bring ihr die *verdammte* Margarita!«, brüllt er.

Vic verdreht die Augen und lallt etwas. Ich streichle beruhigend seine Hand. Ich weiß, was er sagen will.

Vic war der Bessere der beiden. Und als Ältester sollte natürlich er eines Tages das Kartell übernehmen. Dean ist der Mann fürs Grobe; das hat sich schon früh herausgestellt. Aber jetzt ist er der Kopf des Kartells, weil mein Vater nicht mehr kann. Vermutlich ist es nur eine Frage der Zeit, bis Dean auch Dad hierher verfrachtet, damit er freie Bahn hat.

Obwohl er natürlich schon jetzt macht, was er will.

»Sie hat mir von dem Mädchen im Müllcontainer erzählt. Es war auch in den Nachrichten.«

Er lehnte sich entspannt zurück. »Ja wirklich? Hat sie die Polizei gerufen?«

»Ja, aber die machen natürlich nichts.«

»Braves Mädchen. Die sollen ruhig denken, dass ich den Abend zu Hause war. Falls irgendwelche Spuren doch auf mich deuten. Wenn du verstehst.«

Ich will es ehrlich gesagt nicht verstehen, ahne aber so ungefähr, was er meint.

Spermaspuren. Er hatte vorher mit der Prostituierten Sex.

»Warum tust du das, Dean?«

Er zuckt mit den Schultern. »Es fühlt sich geil an. Wenn sie unter mir zappelt und keucht. Wenn sie glaubt, dass sie gleich stirbt. Und dann ...« Er beugt sich vor und schnipst vor meiner Nase mit den Fingern. »Sie ist mir völlig ausgeliefert. Sie muss es sich *verdienen*, weiterleben zu dürfen. Ehrlich gesagt war

ich von der hier ziemlich enttäuscht. Die hat's nicht gebracht.«
»Und darum musste sie sterben?« Ich kann es nicht fassen. Bis zu diesem Moment wollte ich an einen Unfall glauben. An eine unglückliche Verkettung von Umständen, woraufhin mein Bruder in Panik geriet und die Leiche irgendwie loswerden wollte.

Aber in Vegas ist er damals auch nicht in Panik geraten, nicht wahr?

»Du bist so widerlich. So ein ... Tier.«

»Ach, Schwesterchen.« Dean grinst. »Was willst du jetzt machen? Die Polizei rufen? Oder Juno erzählen, was ich getan habe?«

Er spricht nicht mehr über die Prostituierte von Sonntagnacht. Jetzt geht es um Chrissa und um Vegas.

Er lehnt sich entspannt zurück. Seine grünen Augen blitzen zufrieden über den Rand des Margaritaglases. »Sie wird dir nicht glauben. Ich werde morgen wieder nach L.A. fahren und den reumütigen DeeDee spielen, der nie, nie wieder so etwas tun wird. Der ihr auch nie wieder wehtun wird. Oder hast du die blauen Flecke nicht gesehen?«

Er grinst zufrieden, als ich den Blick abwende. Natürlich weiß er, dass ich etwas davon gesehen habe. Er erkennt es an meiner Reaktion. Daran, wie ich ihn anfauche, ihm all meine Wut entgegenschleudere.

Maria bringt meine Margarita, die ich achtlos auf das Tischchen neben meinen Stuhl stelle.

Eine perfekte Margarita, mit Zuckerrand und genau der richtigen Menge Crushed Ice. Ich weiß, dass ich sie lieben würde. Dieser Ort ist eine Oase, ein Paradies.

Mir kommt Vics Leben plötzlich gar nicht mehr so schrecklich vor.

»Und dann werde ich für alle Zeiten der brave Ehemann sein. Ich komme pünktlich nach Hause und trage sie auf Händen. Sie wird mich lieben, und irgendwann werde ich ihr zwei Kinder machen, die sie noch mehr lieben wird. Selbst wenn sie irgendwann Zweifel bekommt, ob ich der bin, der ich vorgebe zu sein – sie wird das alles runterschlucken, weil da ja die Kinder sind. Sie muss keine Angst haben – solange sie sich

benimmt.« Er beugt sich vor. »Und solange du dich benimmst und aufhörst, mit diesem Schlitzauge vom FBI zu flirten.«
Ich starre ihn schockiert an.
»Hast du geglaubt, ich wüsste das nicht?«
Stumm schüttle ich den Kopf.
»Du hältst dich wohl für besonders geschickt, hm?«
»Ich kann reden, mit wem ich will«, erkläre ich. Meiner Stimme hört man leider an, wie sehr ich innerlich zittere.
»Natürlich kannst du das! Ich hindere dich jedenfalls nicht daran. Aber wenn du schon mit den falschen Leuten redest, erzähl ihnen keinen Scheiß über mich.« Er beugt sich vor. »Was verspricht er dir? Dass er auf dich aufpasst? Dass dir nichts geschieht, wenn du auspackst? Ich meine, wir wissen doch beide, dass du *nichts* weißt.«

Damit hat er leider Recht. Und wenn ich jetzt anfange, mich für irgendwas zu interessieren, das mir zuvor einfach egal war, wird er sofort wissen, worum es mir wirklich geht.

Mein Plan, mich zukünftig mehr in die legalen Geschäfte der Familie einzubringen, ist also gescheitert, bevor ich ihn überhaupt angehen kann.

»Also hör auf damit. Es macht mich *nervös*, und du willst nicht wissen, was passiert, wenn ich nervös werde.«
»Dean ...« Ich fühle mich so hilflos und habe keine Ahnung, was ich darauf sagen soll. Er wirft sich in die Polster und grinst böse.
»Keine Angst, Schwesterchen. Dir passiert schon nichts.«
Mir nicht. Aber Juno.
Ich weiß, worauf er anspielt. Schon vor ein paar Monaten hat er mich gewarnt, dass ich auf keinen Fall mit dem FBI sprechen dürfe. Seitdem bin ich vorsichtiger geworden. Glaubte ich.

Weiß er auch, dass Jax mich besucht? Oder interessiert ihn nur das FBI und es ist ihm egal, wer mich vögelt? Lässt er mein Telefon überwachen?

Inzwischen halte ich alles für möglich. Und ich bin wütend auf mich, weil ich gedacht habe, nur weil er mir nicht das Gefühl gibt, mich zu beobachten, könnte ich unter seinem Radar durchfliegen. Wie dumm von mir ...

»Bleibst du zum Abendessen? Ich weiß nicht, wie's dir geht, aber ich hab wenig Lust, dabei zuzusehen, wie sie diesem sabbernden Idioten das Essen pürieren und ihm ins Maul stopfen. Das habe ich heute Mittag gesehen und es war ziemlich eklig.«

Ich nicke wie betäubt. Natürlich bleibe ich länger. Wenn ich schon hier bin, kann ich auch Zeit mit Vic verbringen.

Dean kippt seine Margarita runter und springt auf. Er wirkt aufgedreht, als hätte er was eingeworfen. Vermutlich nicht so unwahrscheinlich. Kurz hüpft er auf der Stelle auf und ab, dann springt er von der Veranda und joggt zu seinem Wagen.

»Scheiße«, murmle ich. Vic neben mir stöhnt und verdreht die Augen.

»Ich weiß ... Und Dad hat ihn nicht mehr unter Kontrolle.«

Ich glaube, unser Dad hat schon vor Jahren die Kontrolle über Dean verloren. Wir haben es nur bisher nicht gemerkt ...

4. Kapitel

Als ich auf dem Rückweg nach L.A. bin, klingelt mein Handy. Es ist eine unbekannte Nummer.
»Hallo?«
»Hallo, spreche ich mit Lea Tevez?«
Ich runzle die Stirn. »Wer ist da?«
»Nicholas Ryland. Mona hat mir Ihre Nummer gegeben. Sie meint, Sie sind eine talentierte Malerin und könnten ihre Vernissage bereichern.«
»Oh. Ja.« Das habe ich schon ganz vergessen.
»Können wir uns treffen?«
Ich zögere. »Es passt mir gerade nicht so gut.«
»Ich könnte auch mal in Ihrem Atelier vorbeischauen. Würde es Mittwoch passen? Ich würde nicht so drängeln, aber die Ausstellung beginnt in zehn Tagen, und Mona hätte Sie gerne dabei.«
»Also gut. Kommen Sie morgen vorbei.«
»Würde es gegen elf passen?«
Ich lege auf. Dass mein Leben einfach so weiterläuft, fühlt sich falsch an.

An der nächsten Ausfahrt verlasse ich den Freeway und fahre zu einer Tankstelle. Nachdem ich getankt habe, gehe ich zu den Waschräumen. Neben der Tür ist ein Münzfernsprecher. Ich werfe ein paar Münzen ein und wähle aus dem Gedächtnis Zukos Nummer.

»Ich muss mit dir sprechen«, sage ich, kaum dass er sich gemeldet hat.
»Okay. Ich komme heute Abend zu dir.«
»Nein!«, rufe ich. »Dean weiß, dass wir uns treffen. Er hat mir gedroht, Juno etwas anzutun, wenn wir uns weiterhin sehen. Es geht nicht, verdammt!«
Frustriert hämmere ich auf den Münzfernsprecher ein. Herrgott, ich will einfach nur aus diesem Leben raus.
»Ich lasse mir was einfallen.«
Es klickt. Ich hänge den Hörer ein und gehe zurück zum Wagen.

Mehr kann ich nicht tun. Abwarten, bis Zuko sich bei mir meldet. Oder Jax.

Egal, wer von den beiden zuerst mit einem halbwegs realisierbaren Fluchtplan um die Ecke kommt – ich werde ihn ergreifen. Im Moment ist mir alles recht, solange ich nicht noch einen Tag länger bleiben muss.

Die Tage vergehen quälend langsam.

Kein Zeichen von Zuko oder Jax. Es ist, als wären beide vom Erdboden verschluckt worden.

Ich gehe morgens ins Atelier und arbeite. Was ich kaum für möglich gehalten habe, ist die beruhigende Wirkung der Kunst. Mit jedem Pinselstrich, jeder zarten Linie, jedem dicken, roten Klecks versuche ich, die Realität abzuschütteln. Ich lege meine ganze Seele in die Gemälde und habe zum ersten Mal das Gefühl, dass das, was ich tue, *richtig* ist. Dass ich was zu sagen habe.

Zu dumm nur, dass es damit bald vorbei sein wird. Die Ausstellung von Mona könnte die einzige Möglichkeit sein, dass ich jemals meine Bilder einer breiten Öffentlichkeit zeige.

Oder erlaubt das FBI mir eine Tarnidentität als berühmte Künstlerin? Eher unwahrscheinlich.

Am Mittwoch kommt Nicholas Ryland in mein Atelier. Wir sprechen über die Bilder und wählen einige für die Vernissage aus. Er rät mir, welchen Preis ich ansetzen soll. Danach lädt er Mona und mich zum Mittagessen ein.

Für zwei Stunden kann ich mein Leben jenseits der Künstlerateliers von Venice vergessen.

Mittwochabend besuche ich Juno. Dean ist unterwegs, wie immer. Sie hat ein ziemlich übles Veilchen, und als ich sie darauf anspreche, versucht sie erst gar nicht, irgendwelche Ausreden zu finden. Aber sie scheint auch nicht gewillt zu sein, über Deans Hang zur Gewalt zu diskutieren.

Am Donnerstag arbeite ich. Und fahre danach heim, schiebe mir eine Tiefkühllasagne in den Ofen und versacke vor dem Fernseher. Bis weit nach Mitternacht schaue ich *Scandal*, eine Folge nach der nächsten. Die dort gezeigten Dramen relativieren meine ein bisschen.

Freitagmorgen wache ich um fünf Uhr auf, liege einfach ein paar Minuten im Bett und gehe meine Optionen durch. Kein Wort von Jax, kein Zeichen von Zuko.

Wenn das so bleibt, könnte ich mir einreden, dass alles bestens ist, oder?

Solange Dean nicht weitere Mädchen umbringt.

Ich stehe auf, ziehe den Badeanzug an und fahre in das oberste Stockwerk. Dort betrete ich die Schwimmhalle. Um diese Zeit ist noch niemand wach. Die meisten Bewohner werden frühestens ab neun munter.

Das Wasser und die Bewegung tun meinen verspannten Muskeln gut. Ich ziehe ungestört meine Bahnen.

Und wenn ich Juno einfach alles erzähle? Wirklich alles? Dass Dean der Mörder von Chrissa ist, dass er mir droht und was damals in Vegas geschah? Dass er eben nicht nur der gewalttätige Freund und zukünftige Ehemann ist, dem gelegentlich die Hand ausrutscht und der gern zu Nutten geht, sondern dass es ihm Spaß macht. Dass in ihrem »DeeDee« ein brutaler Sadist schlummert, der sich nimmt, was er will.

Vielleicht können wir dann zusammen weglaufen. Nur sie und ich.

Ohne Jax.

Ich tauche. Schwimme unter Wasser so lange ich kann. Als ich die Augen öffne, ist um mich nur das Blau der Schwimmbeckenkacheln. Meine Lungen schmerzen, aber ich mache weiter. Über die Schmerzgrenze hinaus, bis zu dem Punkt, an dem ich fürchte, im nächsten Moment Wasser zu atmen und zu sterben.

So fühlt es sich an, das Leben ohne Jax.

Als ich auftauche, steht Zuko in der Uniform des Bademeisters am Beckenrand – schwarze Badehose, weißes Polohemd. Er klatscht in die Hände.

»Nicht schlecht«, meint er.

Ich schwimme zum Beckenrand und steige aus dem Wasser. Er bringt mir ein Handtuch.

»Und du meinst, hier ist es sicher?«, frage ich.

»Etwas Besseres habe ich auf die Schnelle nicht gefunden.«

Wir gehen zu den Liegen, und ich rubble mich notdürftig

ab. Dabei erzähle ich ihm, was ich weiß. Es ist zu wenig, das merke ich daran, wie er die Stirn runzelt.

»Er droht mir«, erkläre ich eindringlich. »Ich habe Angst, Zuko.«

»Wir können im Moment wenig tun.«

»Dann kann ich mir wohl nur selbst helfen.« Ich seufze und hocke mich auf die Liege. Zuko setzt sich mir gegenüber und stützt die Ellbogen auf die Knie. Er sieht sehr ernst aus.

»Du musst uns etwas liefern, Lea. Das ist der Deal.«

Ich nicke. Natürlich. Nichts ist umsonst beim FBI.

»Wie soll ich das machen? Wenn ich jetzt anfange, Fragen zu stellen, wird er das durchschauen.«

»Es gibt im Haus deines Vaters Unterlagen. Daten. Wenn du so willst, die Buchhaltung des Kartells. Wir haben letzte Woche jemanden in die Finger bekommen, der sich um die Zahlen kümmert. Er hat gestanden, wo die umfangreichen Aufzeichnungen sind, aber da kommen wir nicht dran. Zum Glück ist dein Bruder sehr sicherheitsbewusst und bewahrt eine Kopie bei deinem Vater auf.«

»Ich nehme an, den Informanten habt ihr inzwischen außer Landes geschafft, ja?«

»Nein. Das haben wir ihm angeboten, aber er meinte, dass wir ihn ohnehin nicht schützen können. Nachdem wir ihn laufen ließen, hatte er gestern einen Autounfall. Er ist tot.«

Zuko wirkt ehrlich betrübt.

Autsch.

»Okay, was bietet ihr mir, wenn ich das mache?«

»Du kommst ins Zeugenschutzprogramm.«

»Mehr nicht?«

Er weiß genau, was ich will.

»Eventuell können wir eine zweite Person in Sicherheit bringen. Wenn wir auch Beweise für die Morde an deiner Freundin und der Nutte in Compton bekommen. Allein das würde ja schon genügen, um ihn für mindestens dreißig Jahre in den Knast zu bringen.«

Er nennt keine Namen, schreibt mir nicht vor, *wen* ich retten darf. Die Entscheidung liegt also bei mir.

Juno oder Jax?

»Weißt du, wie grausam das ist?«, frage ich.
Er zuckt mit den Schultern. »Niemand hat behauptet, dass das Leben fair ist.«
»Ihr seid ...« »Mir fällt nichts ein, das meine Abscheu adäquat ausdrücken könnte.«
»Ich werde morgens hier sein. Lass dir ein paar Tage Zeit für die Entscheidung. Ich weiß, wie schwer es ist.«
Ich zögere nicht. »Ich mach's«, sage ich. »Ihr müsst mir nur sagen, wie ich an die Unterlagen herankomme. Was ich machen muss.«
»Okay«, sagt Zuko. »Ich habe nichts anderes von dir erwartet.«
Er steht auf. Als ich sitzen bleibe, mustert er mich fragend. »Ist sonst noch was?«
»Ja. Ich habe eine Pistole.«
»Das ist schön für dich.«
»Aber ich weiß nicht, wie man damit schießt.«
»Ah«, sagt er. »Du willst, dass ich dir Unterricht gebe? Kann das nicht Jax übernehmen?«
Ich zucke mit den Schultern. »Ich weiß nicht, wo er ist. Er kommt, er geht ...«
»Hast du die Waffe von ihm?«
Wieder antworte ich mit einem Schulterzucken.
»Du hast keinen Waffenschein, und vermutlich ist die Waffe nicht zugelassen. Du weißt, dass du dich damit auf dünnem Eis bewegst? Ich könnte dich festnehmen lassen.«
»Ich habe Angst, okay?« Trotzig recke ich das Kinn. »Mein Bruder ist ein Mörder, und er schreckt nicht davor zurück, Informanten aus dem Weg zu räumen.«
»Okay, okay.« Zuko hob beschwichtigend die Hände. »Aber was wird dein Bruder dazu sagen? Erst droht er dir, wenn du dich nicht von mir fernhältst, könnte das übel enden. Ich glaube, Schießunterricht gehört nicht gerade zu den Dingen, die er unter ›sich fernhalten‹ versteht.«
»Dann empfiehl mir einen guten Lehrer.«
»Ich werde sehen, was ich tun kann.«
»Danke.« Ich bin erleichtert.
Er sieht mich einen Moment lang an, als wüsste er nicht,

was er mit mir tun soll. Als wäre ich eine Verrückte, mit der er sich rumschlagen muss. Tja, Berufsrisiko. Warum ist er auch beim FBI?

Auf dem Weg nach unten überlege ich, dass ich ihn vielleicht sogar mögen würde, wenn nicht das FBI hinter ihm stehen würde. Er ist ein netter Kerl, und in New York hat er ohne mein Wissen auf mich aufgepasst.

Naja, vielleicht ist »aufpassen« das falsche Wort. Er hielt sich in meiner Nähe auf. Mehr nicht. Und hat versucht, mein Vertrauen zu erringen, indem er den stummen Hilfskoch in Jimmy's Diner gab.

Zurück in der Wohnung dusche ich heiß, mache mir Frühstück und schreibe eine Nachricht an Jax. Wieder keine Antwort. Was habe ich erwartet? Dass er plötzlich aus der Versenkung auftaucht, nur weil ich das will?

Nein.

Aber langsam werde ich nervös. Es sind jetzt schon vier Tage. Nach dem Frühstück klappe ich mein Notebook auf und surfe über die einschlägigen Nachrichtenseiten im Netz, auf denen Polizeiberichte ausgewertet werden. Nichts, das irgendwie mit Jax in Zusammenhang steht. Ich wäre gern erleichtert. Leider weiß ich nur zu gut, wie leicht es Leuten wie Raimund Swan oder meinem Bruder fällt, eine Leiche so verschwinden zu lassen, dass sie nie gefunden wird.

Habe ich wirklich behauptet, die Arbeit lenkt mich ab?

Das ist Quatsch.

Ich starre nun schon seit geschlagenen zwanzig Minuten auf die Leinwand. Die Brooklyn Bridge. Der blutrote Mond über der Skyline von Manhattan. Die Schatten der Vergangenheit.

Dort bin ich Jax begegnet und habe mein Herz an ihn verloren.

Heute ist Samstag. Bald ist es eine ganze Woche ohne ihn.

Hatte ich mir Donnerstag noch erfolgreich einreden können, dass es schon irgendwie richtig sein würde, wenn er sich nicht meldet, ist diese Sicherheit einer finsteren Angst gewichen. Immer noch fahre ich morgens ins Atelier. Dass Wochenende ist, stört mich nicht, denn dieses Bild soll fertig werden, damit

Nicholas Ryland es morgen mit den anderen für Monas Vernissage abholen kann.

Aber ich bin vor allem hier, weil es mich wahnsinnig macht, allein in der Wohnung zu hocken. Man kann ja auch nicht den ganzen Tag schwimmen oder Serien gucken.

Es ist der erste Samstag, den ich im Atelier verbringe, und zu meiner Überraschung bin ich nicht die Einzige. Ich muss noch viel über Künstler lernen, glaube ich. In den Ateliers nebenan herrscht mehr Geschäftigkeit als unter der Woche. Einige von ihnen arbeiten nebenher noch woanders. Teils als Kunstlehrer, teils auch in schnöden Bürojobs, mit denen sie ihre Kunst finanzieren, solange sie davon noch nicht leben können.

Irgendwie komisch, dass ausgerechnet ich – die ja gar nicht auf das Geld angewiesen ist – schon nach wenigen Monaten die Chance bekomme, meine Bilder auszustellen.

»Klopf, klopf!« Mona steht in der offenen Tür, Troll wie gewohnt direkt neben sich.

»Hey Mona.«

»Na? Arbeitest du noch an deinem wichtigsten Werk? Es sieht wunderschön aus.« Sie tritt näher. Ich lege den Kopf schief. Nein, irgendwie teile ich ihre Meinung nicht.

»Ist es nicht zu düster?«

»Aber genauso sieht man hier in L.A. doch New York! Die Stadt nimmt sich zu ernst mit ihrem Broadway, den Schriftstellern und der Kultur.«

Ich muss lachen, denn »Kultur« klingt bei ihr wie ein Schimpfwort.

»Und dann der Schnee im Winter? Brrrr!«

»Möchtest du einen Tee?«

Eine Pause wird mir gut tun.

»Gott ja, auf jeden Fall! Ich war die ganze Nacht hier und habe die letzten Vasen für den Auftrag eines Händlers in Downtown glasiert. Jetzt steht mein ganzes Atelier voll mit diesen Scheußlichkeiten.«

Um ihre Kunst zu finanzieren, töpfert Mona für einige Läden hübsches Geschirr, das diese zu horrenden Preisen verkaufen. Es sind wunderschöne Stücke, und das weiß sie.

Ich bin wohl nicht die Einzige, die mit ihrem Können hadert ...

Während ich uns Tee koche, spaziert Mona durch mein Atelier, das ich gestern in einem Anflug von Wahn aufgeräumt habe.

»Sag mal, bist du morgen hier? Ich hab noch einen Auftrag, mit dem ich gern anfangen würde, aber solange mein Kunde die Ware nicht abholt, kann ich mich drüben kaum drehen, geschweige denn meine Töpferscheibe. Meinst du, ich kann hier arbeiten?«

Ich zögere nicht lange. »Klar«, sage ich. »Ich würde nur die Scheibe rüberbringen und lege auch eine Folie drunter. Du wirst quasi nichts davon bemerken, dass ich hier war.«

Ich bin ganz froh, dass mir so die Entscheidung abgenommen wurde, ob ich morgen herkomme oder nicht. Ein Tag ohne Atelier wird mir gut tun.

Ich könnte wieder Vic besuchen und mit ihm auf der Veranda sitzen. Ihm alles berichten, was in den letzten Monaten passiert ist.

Ob er verstehen wird, was ich ihm erzähle?

Mona und ich haben es uns gerade auf dem Sofa gemütlich gemacht, als ein Schatten ins Atelier fällt. Ein riesiger, bulliger Mann mit Glatze und Stiernacken ist in der Tür aufgetaucht. Er trägt einen zerknitterten Leinenanzug.

»Lea Tevez?« Er spricht zuerst Mona an.

»Das bin ich«, sage ich und stehe auf.

Er mustert mich von oben bis unten. »Ah«, sagt er.

»Was wollen Sie?«

»Zuko schickt mich. Sie wollen schießen lernen?«

Ich nicke tapfer. In meinem Rücken spüre ich Monas Blick.

»Gut. Ich bin Julius. Montagmorgen um acht.« Er reicht mir eine Karte, auf der eine Adresse notiert ist. »Kommen Sie pünktlich. Ich hasse es zu warten.«

Er schaut sich noch einmal im Atelier um, lächelt Mona an – geradezu niedlich, als würde ihre Anwesenheit ihn verlegen machen – und verschwindet so schnell wie er gekommen war.

»Was war das denn?«, fragt Mona verwirrt.

»Ich weiß es nicht so genau.« Ich stecke die Karte in die Gesäßtasche meiner Jeans und setze mich wieder zu ihr.
»Du willst schießen lernen?«
Ich nicke bang.
»Finde ich gut. Drüben in meinem Atelier habe ich auch eine Pistole. Wenn ich den Brennofen nicht brauche, liegt sie da drin.«
»Warum?« Ich habe mit so ziemlich allem gerechnet, aber wohl nicht damit, dass Mona Angst vor jemandem hat.
»Ach, das hat viele Gründe. Zum Beispiel mein Ex, der ein bisschen merkwürdige Ansichten hat, wie eine Freundschaft nach der Ehe aussieht.«
Mona steckt wirklich voller Überraschungen. Ich wusste bisher weder von diesem Ex noch von ihrer Ehe.
»Hat er dich gestalkt?«
»Ja, eine Zeitlang schon. Aber das ist jetzt vorbei. Hoffe ich zumindest.« Sie runzelt die Stirn. »Du hast aber keinen Stalker?«
Ich denke an meinen Bruder. »Kann man nicht so sagen. Aber ich lebe allein, und mit Waffe fühle ich mich einfach sicherer.«
»Verstehe ich total. Und der Bulle da ist dein Schießlehrer?«
»Was bringt dich darauf, dass er ein Bulle ist?«
Mona zuckt nur mit den Schultern. Dann sagt sie nach kurzem Schweigen: »Dafür hab ich einen Blick.«
Ich bin offenbar nicht die Einzige hier, die ein geheimes Zweitleben führt. Aber statt auf ihre Bemerkung einzugehen, wechsle ich rasch das Thema.
Zuko hat sein Versprechen eingehalten. Wenigstens er.
Jax hingegen bleibt verschwunden.

5. Kapitel

Samstagabend. Das übliche Dinner bei meinem Vater steht an. Juno ruft am späten Nachmittag an. Ich habe mich gerade hingelegt und geschlafen. Nachts liege ich oft wach.
»Kommst du?«, fragt sie ganz aufgeregt. Ich gähne und schüttle die Müdigkeit ab. Im Schlafzimmer ist es dunkel, aber ich sehe das dunkelgrüne Glitzern des Kleids, das ich bereits an den Schrank gehängt habe.
»Natürlich«, sage ich.
»Das wird so toll! Ich habe Neuigkeiten«, plappert sie aufgeregt. »Oh Lea, nächste Woche ist schon die Hochzeit!«
Wie könnte ich das vergessen.
Bis zur Hochzeit *muss* ich mit ihr über Dean reden. Ich muss ihr die Wahrheit sagen. Die *ganze* Wahrheit.
Aber ich vermute, dass sich auch heute Abend keine Gelegenheit ergeben wird.
Da ich ohnehin wach bin, stehe ich auf und vertrödle die Zeit, bis ich mich fürs Dinner fertigmache. Wie schon in den letzten Wochen schickt mein Vater eine Limousine für mich. Ich mag diese Art der Aufmerksamkeit. Und ich freue mich, ihn zu sehen, nachdem ich letzte Woche nicht da sein konnte.
Um kurz nach sieben klingelt der Fahrer.
Ich schaue ein letztes Mal aufs Handy. *Verdammt, wo steckst du, Jax?*, schreibe ich ihm. *Meld dich. Bitte.*
Als ich auf die Straße trete, hält der Fahrer bereits die Tür auf. Ich rutsche auf die Rückbank und ...
»Jax!«
Der Schlag fällt mit einem dumpfen Laut hinter mir zu. Jax lächelt. Er trägt einen dunklen, leicht glänzenden Anzug und ein dunkelviolettes Hemd. Seine Zähne blitzen im Halbdunkel, und ich werfe mich ihm an den Hals.
»Langsam, Liebes.« Sanft küsst er mich auf die Stirn, dann gierig auf den Mund. Von wegen langsam!
»Ich ... warum ... du wolltest doch ... woher ...« Ich bringe keinen vernünftigen Satz heraus. Meine Hände tasten ihn ab, als würde ich nach einer Verletzung suchen. »Geht es dir gut?«

»Mir geht es gut, ja.«
»Du hast dich nicht gemeldet!«, beklage ich mich.
»Ich konnte nicht. Glaub mir, ich hätte Bescheid gesagt, wenn nicht alles so verdammt scheiße gewesen wäre in den letzten Tagen.«
Ich kuschle mich an ihn. »Jetzt bist du ja da«, schnurre ich erleichtert.
»Und ich gehe nicht so schnell wieder weg.«
Ich richte mich halb auf. »Was heißt das?«, frage ich misstrauisch.
»Dein Bruder hat mich eingeladen. Heute Abend zum Dinner. Er meint, es wäre an der Zeit, das Kriegsbeil zu begraben. Und ich glaube, er will mir ein Geschäft vorschlagen. Gut möglich, dass ich so in Swans Gunst wieder aufsteigen kann.«
Ich kaue nervös auf meiner Unterlippe. »Das klingt gar nicht gut«, erkläre ich.
»Doch, es klingt wunderbar. Ich erringe das Vertrauen deines Bruders, dann werde ich wieder Swans erster Mann und schon kriegt das FBI von mir, was es will. Und sobald es soweit ist, verschwinden wir zwei.«
Er zieht mich wieder in seine Arme und streicht mir eine verirrte Strähne aus der Stirn. »Du bist wunderschön«, flüstert er. »Weißt du das?«
Ich schüttle den Kopf und reiße mich los. »Das ist doch Wahnsinn!«
Jax seufzt. »Lea ...«
Ich weiß, dass ich mich gerade vor allem von der Angst leiten lasse. Die Vorstellung, Wochen, vielleicht sogar Monate warten zu müssen, bis Jax nicht nur Deans Vertrauen erlangt hat, sondern bei Swan wieder die Stellung innehat, die er vor den Ereignissen im vergangenen Februar hatte ... Ich kann nicht länger warten. Jeder einzelne, verdammte Tag ist zu viel. Mit jeder Stunde werde ich nervöser, und ich fürchte, den Verstand zu verlieren, wenn das noch lange so weitergeht.
Ich mache mich von ihm los und rutsche ans andere Ende der Sitzbank. Den Rest der Fahrt verbringen wir schweigend, obwohl ich mich so sehr nach ihm sehne. Nach seiner

Umarmung, seinem Trost.

Aber er starrt nur aus dem Fenster. Seine Miene ist finster, und jedes Mal, wenn ich in seine Richtung schaue, strahlt er mit jeder Faser seines Körpers Ablehnung aus.

Ich würde ihn gern dafür hassen, dass er mich in diese Situation gebracht hat. Aber es geht nicht.

Ich kann nicht gleichzeitig lieben und hassen.

»Wie wunderschön du bist!«

Juno begrüßt uns im Wohnzimmer. Sie kommt mir entgegengelaufen und fällt mir stürmisch um den Hals. Ich verliere fast das Gleichgewicht.

Dean steht hinter ihr und grinst.

»Du siehst auch gut aus«, bringe ich lahm hervor. Ich weiß Jax hinter mir, und das sollte mir Halt geben, doch im Moment macht es mich nur wahnsinnig. Er gehört nicht hierher, er ist nicht Teil meines Lebens.

Aber wenigstens vergesse ich meine guten Manieren nicht.

»Darf ich euch Jackson Bennett vorstellen?«

Ich ziehe ihn an der Hand nach vorne, und er begrüßt Juno mit Küsschen links, Küsschen rechts. Dann geben Dean und er sich die Hand. Einen Moment lang habe ich das Gefühl, dass die Luft zwischen den beiden Männern explodieren könnte, aber dann nicken beide knapp und der Moment ist vorbei.

»Wir kennen uns ja schon«, sagt Dean.

»Ich hoffe, heute wird's nicht so ... nachteilig für mich.«

Dean lächelt schmal. Er lässt Jax' Hand los und legt den Arm um Junos Schultern. »Ich denke nicht.«

Ich schlucke und wende mich ab. Die Erinnerung an jenen Morgen in New York, als ich aufwachte und mit der Wahrheit konfrontiert wurde, dass mein Bruder auf Jax geschossen hat, treibt mich von den beiden weg. Ihre Privatfehde geht mich nichts an, rede ich mir ein. Und ich weiß nur zu gut, dass ich mir damit etwas vormache. Es geht vor allem um mich.

Als nächstes begrüße ich meinen Vater. Er ist in den letzten Wochen immer gebrechlicher geworden. Vermutlich isst er nicht genug. Aber an diesem Abend wirkt er irgendwie munterer. Bei ihm hat sich eine junge Frau untergehakt, die

kaum älter als Juno sein mag.
»Dad.« Ich gebe ihm einen Kuss auf die Wange und rieche das vertraute Rasierwasser. Er hat sich sogar rasiert, stelle ich zufrieden fest. Zuletzt hatte ich etwas Sorge, er könnte verlottern.
»Lea, Schätzchen. Du kennst meine neue Freundin?«
Sie reicht mir die Hand. Ihre Haut ist gebräunt, sie trägt ein Perlenarmband und am Ringfinger einen erschreckend dicken Klunker. Bevor ich etwas sagen kann, lacht sie.
»Das ist kein Verlobungsring«, versichert sie mir. Ich muss sie anstarren, als wäre sie ein Geist. »Sondern nur ein billiger Modeschmuck. Ich bin übrigens Charlotte. Du kannst mich Charlie nennen.«
»Charlie. Hi ...«
Wir geben uns die Hand. Sie mustert mich forschend, doch bevor wir weiter reden können – ich hätte ungefähr ein Dutzend Fragen an sie – klatscht Dean in die Hände.
»Bevor wir uns zum Essen hinsetzen, möchten Juno und ich noch eine Ankündigung machen.«
Ich drehe mich um. Dean steht neben Juno, und sie trippelt so ungeduldig auf der Stelle herum, als könnte sie es nicht erwarten, dass er weiterspricht.
Ich weiß es, bevor er es sagt.
Ich mache ihr zwei Kinder, und dann ist sie für immer an mich gefesselt ...
»Nein«, flüstere ich.
»Ich bin schwanger!«, platzt es in derselben Sekunde aus Juno heraus. »Ist das nicht wunderbar?«
Nein! Das ist eine Katastrophe!
Ich möchte schreien und toben. Aber jetzt schieben sich alle an mir vorbei und gratulieren den glücklichen Eltern. Jax ist zuerst bei Juno und nimmt sie in die Arme, als wäre sie zerbrechlich. Als er meinem Vater Platz macht, sucht sein Blick meinen.
Ich schüttle kaum merklich den Kopf. Nein. Das darf einfach nicht sein.
Charlotte gratuliert als nächstes. Sie ist wahnsinnig herzlich. Von außen sieht sie ein bisschen nuttig aus mit dem

Kleid aus Goldlamé und den künstlichen Fingernägeln. Aber sie scheint das Herz am rechten Fleck zu haben.

»Gefällt sie dir?«

Unbemerkt ist Dean neben mir aufgetaucht, während die anderen jetzt Juno umringen und alles über ihre Schwangerschaft wissen wollen.

Der Butler trägt ein Tablett mit Champagnergläsern herein, von denen eines mit Orangensaft gefüllt ist. Ich schnappe mir eine Flöte und trinke einen großen Schluck, bevor ich antworte.

»Du meinst Charlotte?«

»Ich habe sie mit Sorgfalt ausgesucht. Nicht zu ordinär, nicht zu nuttig und ein herzensguter Mensch. Wer hätte gedacht, dass sie vor sieben Monaten noch vom Crack abhängig als Straßenhure in einem Billigmotel gewohnt hat?«

»Wird sie wenigstens angemessen dafür bezahlt, dass sie sich um unseren Vater kümmert?«, frage ich.

Dean grinst. »Keine Ahnung. Wenn Geld fließt, kommt es von Dad. Ich habe die beiden nur miteinander bekannt gemacht.«

Ich atme tief durch. »Du bist widerlich.«

»Na, na.«

»Und Juno? Bist du jetzt zufrieden?«

Er packt meinen Arm und zieht mich in eine ruhige Zimmerecke. Ich stehe mit dem Rücken zur Wand und beobachte Juno.

»Sie hat sich ein Kind gewünscht, von Anfang an. Und was spricht schon dagegen? Wir lieben uns.«

Ich starre ihn finster an. Glaubt er das wirklich? Ist er allen Ernstes davon überzeugt, für Juno Gefühle entwickelt zu haben?

Oder habe ich ihn all die Monate falsch eingeschätzt?

»Du schlägst sie.«

Es klingt wie ein Rückzugsgefecht.

»Das glaubst du. Sie ist die Treppe runtergefallen. Das passiert. Natürlich bin ich mit ihr ins Krankenhaus gefahren.«

»Ich glaube dir kein Wort.«

Ich drücke ihm das leere Glas in die Hand und lasse ihn

einfach stehen.

Es fällt mir schwer, mich *nicht* für Juno zu freuen. Wie sie strahlt! Als wäre ihr größter Wunsch in Erfüllung gegangen. Und wer kann es ihr verdenken? Ihr muss das Leben perfekt erscheinen. Schon in einer Woche heiratet sie meinen Bruder, und in acht Monaten bekommt sie ein Baby. Ich bin sicher, dass sie eine wunderbare Mutter wird.

Trotzdem schnürt es mir die Kehle zu. Ich trete zu ihr, und sie blickt auf.

Stumm umarme ich Juno. Ich halte sie ganz lange fest, als würde ich nach irgendeinem Anzeichen von Angst suchen. Nach einem Hinweis darauf, dass sie von der Schwangerschaft und allen damit verbundenen Komplikationen überfordert ist.

Ich glaube, sie zittern zu spüren. Nur einen winzigen Moment lang bebt sie in meinen Armen, und genauso schnell hat sie sich wieder im Griff.

»Ich wünsche dir alles, alles Gute.«

Ich halte sie auf Armeslänge von mir weg. Sie ist ein wenig blass, aber das liegt bestimmt an der Schwangerschaft.

Wie lange weißt du es schon?

Und verdammt, eine Frage geht mir nicht aus dem Kopf.

Was mache ich jetzt mit dir?

All mein Streben war bisher darauf ausgerichtet, auch Juno mitzunehmen, wenn ich untertauche oder in den Zeugenschutz gehe. Und jetzt? Schon vorher wäre es schwierig gewesen, sie von der Richtigkeit zu überzeugen, weshalb ich es noch nicht versucht habe. Aber in der vergangenen Woche hat sie Dean verteidigt, nachdem er einen Mord beging – und jetzt ist sie schwanger.

Glaube ich wirklich, dass sie mit mir geht? Warum sollte sie?

Weil er Chrissa ermordet hat.

Aber kann ich ihr das einfach sagen? Wird sie mir überhaupt glauben, wenn ich mich hinstelle und ihr diese Wahrheit ins Gesicht schleudere?

»Alles okay, Lea?« Sie berührt mich sanft am Arm.

Ich gebe mir einen Ruck und setze mein fröhlichstes Lächeln auf. »Alles bestens.«

»Ich möchte, dass du die Patentante wirst.« Sie legt die Hand auf ihren flachen Bauch, als könnte man schon was sehen oder spüren. Beschützend.
Mir wird schlecht.
Ich sehe sie vor mir. In einem hübschen Kleid, mit leicht gerundetem Bauch. Die Gliedmaßen seltsam schlaff, die Augen im Todeskampf weit aufgerissen. Blut sickert aus einer Schusswunde an der Stirn, nur ein winziges Rinnsal zeigt an, welch zerstörerische Wirkung die Kugel hatte, mit der sie hingerichtet wurde.
Wenn du Ärger machst, wird sie es zu spüren bekommen.
Und jetzt soll ich auch noch Patentante für dieses arme Würmchen werden? Versuchen denn alle, mir ein Leben mit Jax und ohne den Drogensumpf unmöglich zu machen – mit allen Mitteln?
»Natürlich. Das wäre eine große Ehre für mich.«
Ich schlucke. Die Übelkeit vergeht. Jax umfasst meinen Arm und führt mich nach nebenan, wo die festliche Tafel für uns sechs gedeckt ist. Ich spüre seine Wut. Auch ihn lässt das hier nicht kalt.
Wir sind verloren. Himmel! Wie sollen wir jemals glücklich werden?

Drei Stunden später sitzen wir wieder in der Limousine, und mein Schweigen ist so absolut, dass auch Jax nichts sagt. Nur hin und wieder wirft er einen Seitenblick zu mir.
Ich kann nicht mit ihm reden. Mein Gesicht schmerzt, weil ich so viel gelächelt habe, ohne mich entsprechend zu fühlen. Meine Füße sind geschwollen, weil ich die falschen Schuhe trage, und wenn ich an Jax denke ...
Er hat sich mit mir in die Höhle des Löwen gewagt. Weil Dean ihn eingeladen hat, behauptet er. Weil er Swan und das Tevez-Kartell liefern will.
Als Dean und er nach dem Essen für eine halbe Stunde in der Bibliothek verschwanden, hielt es mich nicht mehr auf meinem Platz. Charlotte setzte sich zu Juno und stellte ihr tausend Fragen zur Schwangerschaft. Sie tat das, was normalerweise meine Aufgabe als Schwägerin gewesen wäre.

Ich setzte mich zu meinem Vater. Er wirkte aufgeräumter Stimmung und hatte beim Essen mit uns über die Hochzeit geredet, als wäre alles ganz normal.

»Wie geht es dir, Dad?«, fragte ich ihn.

Er schüttelte nur den Kopf. »Es ist so schön, die beiden wieder zusammen zu sehen.«

Verwirrt sah ich ihn an. »Was meinst du?«

»Juno und Chrissa. Sie hat ihre große Schwester so sehr vermisst. Und ich auch.«

Es durfte mich eigentlich nicht wundern. Mein Vater war in einer anderen Welt gefangen, und für ihn war Charlotte also Chrissa. Half ihm das, im Alltag besser zurechtzukommen? War es deshalb legitim, dass Dean ihm eine ehemalige Nutte ins Bett legte, die ihm eine heile Welt vorgaukelte?

Darüber denke ich jetzt nach, während die Limousine durch die Dunkelheit gleitet.

»Was machen wir jetzt mit Juno?«

Überrascht blicke ich auf. Jax wendet sich mir zu. Er sieht so verdammt lecker aus im Anzug. Am liebsten würde ich jetzt nicht über Juno reden.

»Wir können nichts machen«, sage ich leise.

Lass uns später darüber reden. Bitte. Halt mich fest, Jax. Ich werde wahnsinnig, wenn du mich nicht festhältst ...

Ich strecke die Hand aus. Er zieht mich zu sich, seine Arme umschließen meinen Körper. Erst jetzt setzt der Schock ein, und ich schluchze auf. Dieser Abend hat mich an meine persönliche Grenze getrieben, vielleicht sogar darüber hinaus. Ich weiß nicht, wohin mit mir.

Jax weiß es dafür umso besser.

Er gibt dem Fahrer eine knappe Anweisung, dann drückt er den Knopf, mit dem die verspiegelte Glasscheibe zwischen Vordersitzen und Rückbank hochgleitet. Wir sind ungestört.

Schon bevor die Scheibe einrastet, schiebt Jax die Hand unter mein Kleid. Seine Finger tanzen über die Spitze meiner halterlosen Strümpfe. Er forscht weiter, findet mein Höschen. Sein Lächeln lässt mich dahinschmelzen.

Ich will ihn. Sofort.

»Wir müssen warten«, sagt er.

Aber ich kann nicht warten. Meine Hände nesteln bereits an seiner Hose, ich öffne den Gürtel und den Reißverschluss. Als er die Hand auf meine legt, schüttle ich trotzig den Kopf. »Lass mich«, flüstere ich. Das hier brauche ich jetzt. Diese hemmungslose, schnelle Befriedigung, damit das Zittern aufhört. Damit ich endlich wieder mich spüre und nicht diese rasende Verzweiflung darüber, dass andere Menschen mir ein Leben diktieren, das ich nicht führen will.

Ich schiebe seine Hose nach unten, und die Boxershorts folgt. Natürlich ist er schon hart, und meine Finger schließen sich um seinen Schaft. Ich spüre die weiche Haut und darunter das Kribbeln. Seine Eichel ist perfekt geformt und purpurn.

»Lea ...« Er stöhnt, denn ich bewege die Hand ganz langsam auf und ab. Inzwischen spüre ich, wie ich auch nass werde. Ich knie mich vor ihn in den geräumigen Fußraum. Mit einer Hand taste ich nach meiner Spalte, und dann ramme ich im selben Moment zwei Finger hinein, in dem ich Jax' Schwanz tief in meinen Mund schiebe.

Er seufzt. Seine Hände suchen nach mir, doch er findet nur meinen Kopf. Hält sich daran fest, vergräbt die Finger in meinem Haar, umklammert meinen Schädel, bis ich glaube, er will ihn zerquetschen. Aber der Moment ist genauso schnell vorbei, wie er kam, und dann finden wir in den richtigen Rhythmus für das hier. Er sitzt einfach da und lässt mich machen.

Und ich mache. Ich zeige ihm, wie wichtig er für mich ist, wie sehr ich ihn brauche. Mit jedem Auf und Ab meines Kopfs spüre ich seiner Erregung nach und versuche, sie zu dirigieren. So, dass wir beide davon etwas haben. Dass er die Lust empfindet, die ich auch empfinden will. Aber für mich geht es in diesem Moment um etwas anderes. Nicht um die pure Hingabe, die reine Befriedigung. Ich suche nach der Bestätigung, dass das, was ich tue, richtig ist.

Ich will alles auslöschen, was jenseits dieser Limousine ist. Alles weit von mir weisen. Es gibt nur Jax und mich, nur diesen wilden Sex, mit dem ich alle anderen ausradiere. Dean und Juno, meinen Dad, Charlotte, Vic. Keiner hat etwas mit mir zu tun. Mein Leben gehört nicht ihnen, sondern diesem Mann. Schon einmal hat Jax mir das Leben gerettet, als ich dachte, es würde mich zerreißen. Schon einmal habe ich ihm vertraut.

Ich will dieses Gefühl wieder haben, dass nur er mich retten kann. Dass ich nur in seinen Armen glücklich werde.

Ja, vielleicht will ich das Gefühl haben, dass ich über Leichen gehen kann, um endlich frei zu sein für ihn.

Jax stöhnt unter mir, und ich bearbeite ihn schneller, lasse meine Zunge um seine pralle Eichel kreisen. Ich schmecke seinen Orgasmus, spüre dieses Kribbeln in seinem Schaft, das sich verstärkt, und dann explodiert er in meinem Mund und ich lecke und lutsche seinen salzigen Saft hingebungsvoll auf.

Einen Moment lang ist es still. Dann zieht Jax mich auf seinen Schoß. »Verdammt, Lea«, flüstert er. »Was ...«

»Nicht«, murmle ich und kuschle mich auf seinen Schoß. Ich will jetzt nicht reden. Später vielleicht, wenn wir in meiner Wohnung sind. Jetzt will ich einfach dieses Gefühl danach genießen. Die Nähe, die nur uns beiden gehört.

Zehn Minuten später hält die Limousine vor dem Haus, und wir bringen unsere Kleidung einigermaßen in Ordnung. Jax küsst mich auf den Mund, bevor wir aussteigen.

Im Fahrstuhl tritt er ganz dicht an mich heran. Sein Körper drückt meinen gegen die Wand, und ich spüre, dass er schon wieder hart wird.

Ich habe auch nicht damit gerechnet, dass es nach dem Blowjob in der Limousine für heute Nacht schon vorbei ist.

Wir schaffen es gerade noch, die Wohnungstür hinter uns zuzuwerfen, bevor er den Reißverschluss meines Kleids öffnet und mich herausschält. Achtlos wirft er es beiseite und kniet vor mir. Seine Hände erkunden mich von den Waden, über die Knie, die Oberschenkel bis zu den Hüften. Ich suche an seinen Schultern Halt, und er schiebt mich einfach gegen die nächste Wand. Bevor ich weiß, wie mir geschieht, steht er hinter mir und drückt meinen Bauch und meine Brüste gegen das dunkle Türkis der Tapete.

»Ich will dich«, flüstert er mir ins Ohr. Sein Atem streicht heiß über meinen Hals, und spielerisch beißt er zu. Ich breite

die Arme aus, um mir irgendwie Halt zu geben. Aber was kann mir jetzt schon Halt geben? Ich bin verloren. Vollkommen verloren in meiner Lust, meinem Schmerz und dem Wunsch, dass er all das ausmerzt, was mich schier wahnsinnig macht vor Angst.
»Willst du mich, Lea?«
Ich nicke.
»Sag es.«
»Ich ...« Die Worte bleiben mir im Hals stecken.
Er löst mein Haar. Ich höre irgendwo die Spange auf den Hartholzboden prallen, aber ich lasse die Augen geschlossen und warte. Seine Hände öffnen mein Haar, und zugleich hält sein Körper mich gefangen.
»Sag, dass du mich willst. Dass es dir egal ist, was da draußen für eine Welt herrscht. Dass du für uns alles tun würdest. Sag es, Lea. Ich muss es von dir hören.«
Ich kann nicht. Alles in mir schreit danach, ihm das zu geben, wonach er verlangt. Ich weiß, dass ich nur dann Erfüllung finden werde, wenn ich nachgebe. Wenn ich mich ganz und gar ihm hingebe.
»Lea.«
»Jax ...« Ich schluchze auf.
»Lass los.«
Ich weiß, was er meint. Nicht diese Wand vor mir, nicht ihn.
Ich muss das Leben loslassen, das ich bisher geführt habe. Das mir immer als das richtige erschien. Das ich nie in Frage stellen konnte.
Ich muss loslassen, weil ich sonst nicht gerettet werden kann.
Er streichelt mich. Meine Flanke, hinauf zu den Brüsten, die er ganz sanft durch den Seidenstoff des BHs massiert. Er küsst mich auf den Hals, den Nacken, ich spüre, wie er sanft zubeißt.
»Lass dieses Leben los.«
Hat er das wirklich gesagt? Oder bilde ich es mir nur ein? Ich weiß es nicht. Es gibt kein Richtig, kein Falsch, kein Oben, kein Unten.

Es gibt nur ihn. Und wenn es nur ihn gibt, dann ist es richtig.

Dann darf ich loslassen.

Er merkt es in dem Moment, als ich bereits falle. Meine Beine geben einfach unter mir nach. Doch Jax fängt mich auf. Er hebt mich hoch und trägt mich ins Schlafzimmer. Unterwegs verliere ich die Schuhe, und ich bin froh, dass wenigstens dieser Schmerz für einen Moment nachlässt.

Jax legt mich aufs Bett. Inzwischen heule ich völlig hemmungslos. Doch statt mich in die Arme zu nehmen und einfach zu trösten, zieht er mich vollständig aus. Er tut es mit einer Andacht und Vorsicht, die alles nur noch schlimmer macht. Noch besser.

Erst die Strümpfe. Dann den BH. Zum Schluss das Höschen. Nackt liege ich vor ihm, und statt mich zusammenzurollen, von ihm abzuwenden oder die Bettdecke über den Kopf zu ziehen, harre ich aus. Ich halte diesen Schmerz aus. Er richtet sich auf und entledigt sich rasch seiner Kleidung. Als er zu mir kommt, ist er genauso nackt wie ich.

Und jetzt schließt er mich in die Arme. Meine kalte, klamme Haut trifft auf seine heiße. Seine Muskeln drücken sich an mein kaltes Fleisch, und es ist, als würde die Wärme seines Körpers sich auf meinen übertragen. Ich hebe die Arme und halte mich an ihm fest.

Er wartet. Wir haben die ganze Nacht Zeit, und er gibt mir diese Zeit, bis mein Schluchzen nachlässt. Immer wieder küsst er dabei meine Stirn, meinen Scheitel. Seine Geduld ist fast zu viel für mich, denn in mir regt sich zugleich wieder die Lust. Ich will nicht länger warten.

Als ich mich aufs Bett knie, bleibt er liegen. Er sieht mich erwartungsvoll an. Ich streichle ihn. Sein Schwanz ist so hart und riesig wie vorhin, als ich ihm in der Limousine einen geblasen habe. Und ich bin nass.

Worauf also warten?

Ich setze mich auf ihn. Meine Hand dirigiert seinen Schwanz langsam zu meiner Spalte, und Jax legt die Hände auf meine Hüften. »Willst du das wirklich?«, fragt er leise. Ich nicke trotzig. Ja, ich will das. So sehr, dass ich ihn mit einer heftigen Bewegung tief in mich aufnehme. So tief, dass es weh tut.

Ich begrüße den Schmerz, denn er bringt mir die Lust. Im ersten Moment glaube ich, das nicht länger auszuhalten. Es ist zu viel für mich. Zu viel Nähe, zu viel Leidenschaft, zu viel von *ihm*.

Dieser Mann treibt mich in den Wahnsinn und ist doch meine Rettung.

Ich klammere mich an ihn. Seine Hände umfassen meine Hüften und helfen mir, damit ich mich schneller bewegen kann. Mir ist kalt und heiß zugleich, und jede seiner Berührungen sendet einen Stromschlag durch meinen Körper.

Es ist kaum auszuhalten, wie sehr ich ihn begehre. Ich schließe die Augen und lasse mich fallen.

Gib dich hin, vertrau ihm ...

Es ist, als würde in diesem Augenblick die Entscheidung fallen, als wüsste ich danach, wohin ich gehöre. Wofür es sich zu kämpfen lohnt.

Jax knurrt. Ich fühle mich hochgehoben, und dann ist er über mir. Ohne Übergang liege ich jetzt auf dem Rücken, die Beine breit gespreizt und sein Schwanz tief in mir vergraben. Ich versuche, ihn noch tiefer in mich zu ziehen, und er weiß, was ich brauche. Er gibt es mir.

Seine Stöße sind tief und schnell. Er sieht mich nicht mehr an, und auch ich brauche nicht mehr die Bestätigung zu suchen in seinen braunen Augen. Wir sind unsere Lust, und mehr müssen wir nicht sein. Es genügt uns.

Sein Schwanz fühlt sich noch größer an, und als er zwischen uns greift und beginnt, meine Klit zu bearbeiten, schreie ich erstickt auf. Aber ich lasse es geschehen, denn ich spüre bereits, wie mein Orgasmus kommt. Unaufhaltsam. Heftig. Hart.

Die Welle schlägt über mir zusammen. Ich bestehe nur noch aus diesem Kribbeln, am ganzen Körper hat es mich erfasst. Bis in die Zehen, die ich unwillkürlich krümme. Der Schmerz im Fuß wird mich noch ein paar Tage begleiten und daran erinnern, wie Jax mich in dieser Nacht vollends auf seine Seite zieht.

Danach werde ich ihm blind folgen, wohin er will.
Er stöhnt, dann spüre ich, wie er sich in mir entlädt. Hilflos halte ich mich an seinen Schultern fest, und erst, als er danach auf mich sinkt und mich auf den Mund küsst, ganz sanft, öffne ich die Augen und sehe ihn an.

Jax lächelt.

Als er diesmal meinen Namen sagt, ist seine Stimme rau und belegt. Seine Arme umfangen mich behutsam, als fürchtete er, mir Schmerzen zuzufügen.

Wir bleiben so liegen, bis er in mir erschlafft. Dann rollt er von mir herunter und wir kuscheln uns unter die Bettdecke. Seine Arme halten mich, seine Lenden drücken gegen meinen Po, und ich muss kichern.

»Was ist so lustig?«, murmelt er schläfrig. Seine Hand wandert über meine Hüfte nach oben und umfasst meine Brust.

»Du wirst schon wieder hart«, flüstere ich. »Kriegst du denn nie genug von mir?«

»Nein. Nie.«

Und er klingt so ernst, dass ich gar nicht anders kann, als ihm zu glauben.

6. Kapitel

Den Sonntag verbringen wir im Bett. Wir schließen die Welt aus und genießen es, für uns zu sein. Fast ist es, als könnten wir so tun, normal zu sein. Liebende, die sich eine Ecke der Welt gesucht haben, in der es nur ihre Liebe gibt.
Ich schlafe viel, und während ich das tue, bleibt Jax an meiner Seite. Nur einmal wache ich auf, und er ist verschwunden. Ich höre ihn im Wohnzimmer telefonieren und schlafe sofort wieder ein.
»Wir können uns nicht ewig verstecken«, sagt er am Abend, als ich für uns koche. Ich habe Steaks aus dem Tiefkühler genommen, dazu gibt es Salat und Knoblauchbaguette. Er sitzt an der Frühstückstheke und beobachtet mich.
»Wie sieht dein Plan aus?«, frage ich.
Er zuckt mit den Schultern. »Ich hab noch was zu erledigen, bevor ich für immer abtauche.«
Wir schweigen beide. Ich warte, dass er mehr sagt. Er hofft wohl, ich würde nicht fragen.
»Was denn?«
»Vertraust du mir?«
Denn wenn du mir vertraust, fragst du nicht. Wenn du mir vertraust, lässt du mich einfach tun, was getan werden muss ...
Ich seufze.
Es hat sich nichts geändert. Knapp vierundzwanzig Stunden sexuelle Befriedigung, tiefer Schlaf und gutes Essen können nicht darüber hinwegtäuschen, dass unser Leben nie mehr so sein wird, wie es war. Morgen werden wir wieder vor die Tür gehen, und dort erwartet uns der Wahnsinn aus Drogenkartellen, FBI und einer Märchenhochzeit, die ich immer noch unter allen Umständen verhindern will.
»Muss ich wohl«, sage ich schließlich und schiebe die Steaks in die Pfanne.
Jax steht auf und umrundet die Theke. Er stellt sich dicht hinter mich, umfasst mit einer Hand meine Haare und bläst mir seinen heißen Atem in den Nacken.
»Vertrau mir. Bitte«, fügt er hinzu.

Ich möchte heulen. Warum kann *er* nicht *mir* vertrauen? Was hält er vor mir geheim? Aber ich frage nicht, sondern mache mich nur stumm von ihm los. Die gute Stimmung ist zerstört, das merken wir beide. Ich hole aus dem Weinschrank eine Flasche Chardonnay, entkorke sie und gieße mir ein Glas voll. Erst nachdem ich drei große Schlucke getrunken und die Steaks gewendet habe, drehe ich mich zu ihm um.

»Irgendwann«, sage ich leise.

Und er versteht.

Irgendwann wird er mir alles erzählen. Wenn das hier vorbei ist.

Wenn wir in Sicherheit sind.

Als ich am nächsten Morgen aufwache, bin ich allein. Er hat sich davongeschlichen. Wieder mal. Ich seufze und kuschle mich noch einmal wohlig in die Laken, die nach ihm duften und nach stundenlangem Sex.

Ich hoffe, dass er bald wieder da ist. Und das nicht nur, weil ich nur dann das Gefühl habe, dass ihm da draußen nicht wieder irgendwas passiert. Sondern weil ich ihn will.

Zwei Stunden später parke ich unweit der Ateliers und steige aus meinem Wagen. In diesem Moment rast ein Polizeiwagen mit Blaulicht an mir vorbei und hält direkt vor dem Durchgang zu den Ateliers.

Ich runzle die Stirn. Unwillkürlich beschleunige ich meine Schritte.

Als ich den Innenhof erreiche, ist der Streifenwagen nicht das einzige Fahrzeug, das hier steht. Ich zähle mindestens ein halbes Dutzend, darunter ein Rettungswagen und ein schwarzer Van, aus dem gerade zwei Männer steigen, auf deren dunkelblauen Jacken in gelben Lettern Forensik steht.

Spurensicherung? Ist hier etwa was passiert ...?

Ich gehe hastig weiter. Die Ateliers reihen sich aneinander, und ganz hinten am Ende der Reihe sind zwei abgesperrt. Das eine gehört Mona. Und das direkt daneben ... ist meins.

Ich renne jetzt.

Bevor ich unter dem Absperrband der Polizei durchtauchen

kann, hält mich eine Polizistin am Arm fest. »Ma'am, Sie können da nicht rein, das ist ein Tatort.«
»Aber ... ich ... Das ist mein Atelier!«, rufe ich. Dann entdecke ich Trevor, der einige Schritte weiter mit einem Detective spricht. Trevor gehört das zweite Atelier neben Monas, er macht viel mit Speckstein und Strasssteinchen. Ich reiße mich los und gehe zu ihnen.
»Trevor.«
Er sieht mich. Sein Blick ist so unendlich müde und geht gleichgültig durch mich hindurch. Als wäre ich ein Geist.
»Was ist passiert?«, will ich wissen.
Der Detective mustert mich. »Entschuldigen Sie ...«
»Das Atelier gehört mir«, sage ich, bevor er mich wegschicken kann. »Das hintere. Ist etwas passiert? Ist ... Geht es Mona gut?«
Ich erkenne es an Trevors Reaktion. Ganz langsam nur hebt er die Hand, und bevor er etwas sagen kann, erklärt mir der Polizist ganz ruhig: »Mona Riordan ist tot. Sie wurde heute Morgen aufgefunden.«
Die Welt dreht sich um mich. Tot. Mona ist tot ...
Ich starre den Polizisten nur an.
»Sie können uns gleich noch ein paar Fragen beantworten, Miss ...«
»Tevez. Lea Tevez.«
»Meine Kollegin kümmert sich derweil um Sie.«
Er winkt die Beamtin heran, die mich wieder am Arm nimmt und wegführt. Diesmal ist sie vorsichtiger, fast behutsam. Sie bringt mich zu einem Streifenwagen und ich darf mich auf den Beifahrersitz setzen. »Möchten Sie was trinken?«
Ich schüttle den Kopf. Trotzdem verschwindet sie und kommt mit einer Flasche Wasser zurück.
»Was ... wie kann sie ...?«
»Ma'am, ich kann Ihnen dazu nichts sagen. Warten Sie auf Detective Farraday, er wird Sie ins Bild setzen.«
»Okay.« Ich nicke. Es fällt mir schwer, ruhig zu bleiben, und mein Fuß wippt nervös, während ich das Wasser in kleinen Schlucken trinke. Die Polizistin bleibt bei mir stehen und sieht

immer wieder zu der Absperrung. Sie wäre wohl lieber dort statt hier bei mir. Ist ja auch langweilig, auf eine hysterische Künstlerin aufzupassen.

Etwa zehn Minuten später kommt Detective Farraday zu mir. Er hat einen riesigen Schnauzbart, freundliche Augen und eine Stirnglatze.

»Miss Tevez, entschuldigen Sie die Wartezeit. Wollen wir ein Stück gehen?«

Ich nicke.

Er führt mich vom Tatort weg und stellt sich so, dass ich mit dem Rücken zu den Ateliers stehe, in denen noch immer hektische Betriebsamkeit herrscht.

»Kannten Sie Mona Riordan gut?«, beginnt er.

Ich starre ihn an.

»Entschuldigen Sie, aber haben Sie meine Frage verstanden?«

»Natürlich. Aber bevor ich sie beantworte, will ich wissen, was mit Mona passiert ist.«

Er seufzt. »Wir vermuten, dass es Mord war.«

Mord.

Klar, warum auch nicht? Mein Leben ist eh schon gefährlich genug, jetzt läuft so ein Irrer durch Venice und tötet wahllos irgendwelche Leute?

Ich atme tief durch. Das eine muss nicht zwingend mit dem anderen zusammenhängen.

»Wie ist es passiert?«, frage ich.

»Dazu kann ich Ihnen leider nichts sagen.«

Klar. Ermittlungsstrategische Gründe, man kennt das ja.

»Sie hatte das Atelier neben meinem, und wir wollten ...«

Die Ausstellung. Himmel, was wird aus der Ausstellung? In solchen Momenten glaubt man, die merkwürdigsten Dinge seien plötzlich wichtig.

»Ich muss Nicholas anrufen ...«, murmle ich.

»Können Sie zuerst meine Fragen beantworten, Miss Tevez?«

Ich versuche, wenigstens einen halbwegs klaren Gedanken zu fassen. Detective Farraday beginnt, mir Fragen zu stellen, die ich, so weit es mir möglich ist, beantworte. Nein, ich weiß

nichts über irgendwelche Feinde. Oder Streit mit Ateliernachbarn, Künstlerkollegen oder einem Ex-Freund. Ich erzähle ihm, es gebe wohl einen Ex, der sie früher gestalkt habe, aber das sei wohl inzwischen in Ordnung. Nein, so eng waren wir nicht befreundet. Ja, das Atelier mit den Ölschinken ist meins. Und ja, wir hatten eine gemeinsame Ausstellung geplant.
»Okay, eine Frage noch ...« Er blättert in seinem Notizblock. »Wo waren Sie gestern zwischen sechs und acht Uhr abends?«
»Zu Hause.«
»Waren Sie dort allein?«
Ich nicke. Auf keinen Fall ziehe ich Jax in diese Sache mit rein. Er wird ja schon wahnsinnig, wenn er von dem Mord hört ...
»Gut, das wär's erst mal. Falls ich noch Fragen habe, melde ich mich bei Ihnen.«
Er sieht nicht besonders zufrieden aus.
»Wann kann ich wieder in mein Atelier?«, frage ich.
Er zögert.
Und da begreife ich das ganze Ausmaß.
Es ist in meinem Atelier passiert. Nicht nebenan bei Mona, wo die Keramiken stehen. Sondern im Atelier mit den »Ölschinken«, wie Detective Farraday es genannt hat.
Und jetzt bekomme ich doch noch Angst.
Ein Mord. In meinem Atelier.
»Wir kümmern uns darum, dass der Tatort im Laufe des Tages freigegeben wird.«
Ich nicke.
Das genügt mir. Ich kann mir ohnehin nicht vorstellen, irgendwann wieder in diesem hohen, hellen Raum zu stehen, nachdem Mona dort umgebracht wurde.

Am frühen Abend gibt das LAPD mein Atelier wieder frei, und ich darf hinein.
Ich weiß nicht, was ich erwartet habe. Dass sie nach einem Mord erst gründlich putzen, bevor sie den Tatort freigeben? Da kenne ich die Polizei aber schlecht ...
Aber mit diesem Chaos habe ich auch nicht gerechnet.

Überall stehen die Keramiken, die Mona bei mir angefertigt hat. Einige sind umgekippt, doch die meisten sind einfach nur krumm und schief, weil sie im feuchten Zustand in Mitleidenschaft gezogen wurden. Über meinem New-York-Bild hängt noch das Laken, das ich jeden Abend darüber gehängt habe, doch es ist nicht mehr weiß, sondern rotgesprenkelt von Monas Blut.

Vor der Staffelei ist auf dem Boden eine riesige Blutlache. Ich bleibe stehen und starre auf das viele Blut, das inzwischen geronnen ist und an den Rändern bereits eintrocknet. Hier ist sie gestorben. Und egal, wie sie gestorben ist – man spürt in dem Blutsee und in den Spritzern auf dem Laken, wie gewaltsam dieser Tod gewesen sein muss.

»Ach Mona«, flüstere ich. »Hoffentlich musstest du nicht leiden ...«

Mein Handy vibriert, und ich grabe es aus den Tiefen meiner Handtasche. Es ist Nicholas.

»Ich habe es gerade erst gehört«, sagt er. »Ist sie ...«

»Ja«, sage ich, ohne zu wissen, was er meint.

»Verdammt ...«

»Es tut mir leid, Nicholas.«

»Ja, mir auch.« Er wirkt seltsam abwesend. »Hast du Zeit? Können wir reden? Ich bin gerade auf dem Weg zu euch.«

»Ich werde hier noch eine Weile zu tun haben, ja. Weißt du, wie man Blut von Beton bekommt?«

Er schweigt. Dann klickt es in der Leitung.

Offenbar kommt nicht jeder so gut mit dem Tod klar wie ich. Und ich kann es auch nur, weil das hier nicht der erste Tatort meines Lebens ist. Weil ich schon zwei Leichen gesehen habe.

Eine halbe Stunde später betritt Nicholas mein Atelier. Ich knie auf dem Boden und bearbeite den Beton mit einer Wurzelbürste. Es ist ein vergebliches Unterfangen. Das Blut ist in die winzigen Einschlüsse gezogen und wird sich nicht vollständig entfernen lassen. Aber mir tut es gut, nicht tatenlos herumzusitzen und zu warten, bis das Blut sich von allein in Nichts auflöst.

»Hey.« Nicholas umarmt mich zur Begrüßung vorsichtig.

Er starrt auf den Blutfleck, und zum ersten Mal frage ich mich, ob er und Mona nicht vielleicht mehr gewesen sind als nur Galerist und Künstlerin.

Stumm drückt er mir eine Zeitung in die Hand. Die Abendausgabe berichtet über den Mord. Und ja, sie nennen es jetzt Mord.

Künstlerin in Venice bestialisch hingerichtet
Heute Morgen wurde in einem Atelierkomplex in Venice die Leiche der Künstlerin Mona R. aufgefunden. Laut Polizeibericht kam es am Sonntagabend zu einer Hinrichtung durch zwei Schüsse. Ein Mafia-Hintergrund wird nicht ausgeschlossen. - mehr auf Seite 3

»Warum tut jemand sowas?«, fragt Nicholas.
Ich habe keine Antwort. Aber mein Blick klebt wie hypnotisiert an dem letzten Satz fest.
Ein Mafia-Hintergrund wird nicht ausgeschlossen.
Ganz langsam fallen die einzelnen Puzzleteile an ihren Platz und rasten hörbar ein.
Mona war in meinem Atelier. Sie ist mir ein bisschen ähnlich, wenn man mich nicht kennt – schlank, normale Größe, dunkle Haare. Nur dass ihre Augen grün sind und meine grau. Das kann man im Eifer des Gefechts natürlich schon mal verwechseln ...
Nein. Das ist absurd.
Wer sollte mich aus dem Weg räumen? Warum?
Swan.
Wenn Swan erfahren hat, dass Jax und ich bei nächster Gelegenheit untertauchen wollen – welche effektive Möglichkeit bleibt ihm, das zu verhindern, wenn er Jax nicht verlieren will?
Dann muss ich sterben.
Ich mache mir nichts vor. Es ist gar nicht so lange her, da hätte Raimund Swan Jax zu so einem Job geschickt. Dann wäre er als erster Mann des Black Swan in das Atelier eingedrungen und hätte die Freundin eines Abtrünnigen hingerichtet. Abgeschlachtet.
Ich weiß, dass Jax so etwas nie wollte. Aber er hat bereits

getötet, und er würde es vermutlich wieder tun, wenn die Umstände es von ihm verlangen.

Was ich aber nicht verstehe und nie verstehen werde, ist die Kaltblütigkeit, mit der er das getan haben muss. Oder hatte er früher bei solchen Jobs Skrupel? Hat er sie heute?

Ich will nicht länger darüber nachdenken.

Aber das Gedankenkarussell ist in Fahrt gekommen, und ich kann mich auch nicht dagegen wehren ...

»Was passiert jetzt mit der Ausstellung?«, frage ich.

Nicholas starrt immer noch auf den Blutfleck. Verdammt, er soll mich ansehen und mir Antworten geben! Ich brauche mehr von ihm, ich brauche die Sicherheit, dass alles irgendwann wieder gut wird!

»Nicholas?«

Ich berühre ihn sanft am Arm.

»Die Vernissage ...« er tritt über den Blutfleck hinweg zu dem Gemälde, über dem immer noch das blutbefleckte Laken hängt. Ich habe es noch nicht über mich gebracht, es runterzunehmen.

Langsam zieht Nicholas das Laken runter.

Mir stockt der Atem.

Das Blut ist durch den Stoff gedrungen und hat sich wie ein Schleier über das Gemälde gelegt, das in meinen Augen immer noch irgendwie unfertig ausgesehen hat. Etwas fehlte diesem Bild, und jetzt sehe ich es, denn wie von Zauberhand ist es *da*.

Der Mond steht düster am Nachthimmel über Brooklyn. Die Williamsburg Bridge glänzt silbrig, und das Rot von Monas Blut, das wie ein feiner Sprühregen über dem Bild liegt, lässt die Untermalung durchschimmern ... Das ist unmöglich, denke ich.

Es kann nicht so überirdisch schön aussehen. So perfekt. Es sagt mehr als tausend Worte vermögen. Seht, dieser Ort am anderen Ende des Landes, dort, wo alles begann, hat Mona in letzter Konsequenz das Leben gekostet.

Es ist eine Botschaft, die nur ich sehen kann. Aber das macht sie nicht schöner und schrecklicher. Dieses Bild spiegelt mein Leben wider.

»Ich weiß nicht ... Aber ich denke, wir sollten sie machen.«

Er sieht traurig aus und zeigt auf mein Gemälde. »Das hier hätte ihr gefallen.«

Sieht er das Blut nicht? Oder begreift er den feinen Sprühnebel nicht als das, was es ist?

Ich schlucke. »In Ordnung«, sage ich. »Außerdem wird Monas Familie das Geld brauchen.« Und ich will, dass alle Welt dieses Bild sieht, ja. Alle Welt soll sehen, was ich getan habe. Wie kann man das übersehen?

Ich fühle mich so schuldig an Monas Tod, dass ich nach dem Gespräch mit Nicholas nur noch nach Hause will.

Unterwegs wähle ich zum gefühlt hundertsten Mal Jax' Telefonnummer, doch er nimmt nicht ab. Inzwischen bin ich so verzweifelt, dass ich überlege, ob ich nicht einfach eine Tasche packen und verschwinden soll. Auf meinem Konto ist ein bisschen Geld. Ich habe in den vergangenen Monaten recht sparsam gelebt. Als hätte ich es geahnt.

Als ich in der Tiefgarage aus dem Wagen steige, höre ich Schritte irgendwo in den Untiefen dieses dunklen Parkdecks. Sofort beschleunige ich meine Schritte. Wenn Black Swan hinter mir her ist ...

Meine Hand tastet in der Tasche nach der Pistole.

»Sie sind heute morgen nicht zum Unterricht gekommen.«

Mit einem Aufschrei fahre ich herum, reiße die Pistole aus der Handtasche und richte sie auf Julius, der wie aus dem Boden gewachsen plötzlich hinter mir steht.

Er verschränkt die Arme vor der Brust und mustert mich abschätzig. Als wüsste er genau, dass ich dazu nicht in der Lage bin.

Ich erwidere trotzig seinen Blick und entsichere die Waffe. Immer noch starrt er mich an. Wir sagen beide kein Wort.

»Sie können es nicht«, sagt er schließlich. »Sehen Sie, wie ihre Hand zittert?«

»Ich kann das. Wenn mich jemand töten will, kann ich mich wehren!« Meine Stimme klingt schrill.

»Sicher.« Er tritt näher und nimmt mir mit sanfter Gewalt die Pistole aus der Hand. »Aber Sie schießen vermutlich den Mond ab und nicht Ihren Gegner. Kommen Sie.«

Ich schluchze auf, als er mich zu seinem Auto führt. Auf dem Beifahrersitz rolle ich mich zusammen und umklammere mit den Händen meine Knie. Julius fährt zügig und sicher. Er sagt nicht viel; nur gelegentlich spüre ich seine Seitenblicke, als müsste er sich davon überzeugen, dass ich noch da bin.

Der Schießstand liegt in einem Vorort im Süden von L.A. Um diese Zeit herrscht viel Betrieb. Die halbe Stadt will sich vor Angreifern schützen, könnte man meinen.

Julius kümmert sich um alles. Er bringt mich zu der Schießbahn, reicht mir eine Schutzbrille und bringt die erste Zielscheibe aus Papier an. Dann erklärt er mir die Funktionsweisen meiner Waffe und wie ich das Magazin lade. Wie ich die Waffe halte. Wie ich abdrücke.

Beim ersten Mal reißt mich der Rückstoß nach hinten und ich schieße fast in die Decke. Julius nickt nur und behauptet: »Nicht schlecht. Gleich noch mal.«

Aber ich bin richtig, richtig mies. Mit den Gedanken nicht bei der Sache ballere ich immer wieder auf die Zielscheibe, und jedes Mal, wenn ich das Gefühl habe, einen Volltreffer gelandet zu haben, kratze ich die Silhouette allerhöchstens an. Trotzdem tut Julius so, als wäre er mit mir zufrieden.

Ich lege langsam die Scheu vor der Waffe ab und beginne, sie als einen Teil von mir zu begreifen. Sie kann mir das Leben retten, denke ich.

»Genug für heute«, sagt Julius nach einer Dreiviertelstunde. Ich habe nicht genug, aber er ist unerbittlich. »Morgen werden Sie Muskelkater haben. Schießen ist für einen Anfänger ziemlich ungewohnt.«

»Wann machen wir weiter?«

Er nimmt meine Waffe auseinander und entnimmt das Magazin. »Übermorgen? Um acht Uhr morgens?«

Ich nicke. Diesmal, denke ich, werde ich bestimmt pünktlich sein.

Auch die Rückfahrt verläuft großteils schweigend, und ich starre dabei müde aus dem Fenster. Einmal mehr wähle ich Jax' Handynummer, einmal mehr meldet er sich nicht. *Wo steckst du?,* schreibe ich ihm.

Ich habe Angst, dass Swan nicht nur mich aus dem Weg

räumen lassen wollte.
Warum hat er nicht Marcus geschickt? Dann wäre Mona noch am Leben, denn er kennt mich. Er hätte keine Unschuldige erschossen.
Wir sind fast zu Hause, als mein Telefon klingelt. Es ist Nicholas.
»Was passiert mit Troll?«, fragt er. Seine Stimme klingt weinerlich.
»Ich dachte, Monas Familie kümmert sich um ihn?«
»Die wollen ihn nicht. Ihre Mutter wohnt in einer winzigen Wohnung, und ihr Vater ist sonstwo. Wenn ich keinen Platz für ihn finde, muss er ins Tierheim.«
Ich seufze. »Ich kann ihn nicht nehmen.«
Nicholas schweigt. Ich schweige.
Schließlich gebe ich nach.
»Okay, okay. Wo seid ihr?«
»Ich bin im Atelier. Mona hat Troll in der kleinen Teeküche hinter ihrem Atelierraum eingesperrt. Der Arme war völlig ausgehungert und hat zwei Schüsseln Wasser leergeschlabbert.«
»Ich komme.«
Was soll ich mit einem Hund? Aber ich fühle mich für Troll verantwortlich. Also habe ich offenbar keine andere Wahl ...

7. Kapitel

Am nächsten Morgen weiß die ganze Welt vom Mord an Mona.
Ich liege noch im Bett, als Juno anruft.
»Es ist so schrecklich!«, ruft sie. »Ich musste sofort anrufen. Hast du sie gefunden?«
Troll, der die Nacht auf dem Bettvorleger verbracht hat, hebt müde den Kopf, als wollte er sagen: *Also bitte, nehmt euch mal nicht so wichtig. Ich habe meine beste Freundin verloren und über vierundzwanzig Stunden ohne Wasser und Futter in dieser Teeküche gehockt, aber ihr?*
Er trauert, das spürt man sehr deutlich.
Ich stehe auf und tapse in die Küche. »Nein. Die Polizei war schon da, als ich morgens ins Atelier kam.«
»Schlimm. Wie geht es dir? Kann ich was für dich tun?«
Fast hätte ich gelacht.
Ja klar. Schaff mir Black Swan vom Hals. Bring mir Jax zurück, der gestern Morgen einfach spurlos verschwunden ist. Trenn dich von Dean, bevor dir dasselbe blüht wie Mona.
»Nein ... Ich werde nachher hinfahren. Da ist überall noch ihr Blut ...«
»Du machst das doch nicht etwa selber sauber?« Juno ist entsetzt. »Als Chrissa starb, haben wir jemanden damit beauftragt. Ich kann dort anrufen und sie hinschicken, wenn du willst.«
Ich habe keine Kraft für Diskussionen. Schon gar nicht mit Juno.
»Vielleicht solltest du dir auch ein anderes Atelier suchen. Ich wusste gar nicht, dass die da so ins Drogenmilieu verstrickt sind.«
Ach Juno, wenn du wüsstest ...
»Nein, ich bleibe da. Aber das mit der Reinigungsfirma ist eine gute Idee. Danke.«
»Ich melde mich wieder, sobald ich mich drum gekümmert habe.«
Sie legt auf. Ich koche mir Kaffee, und Troll kommt aus dem Schlafzimmer getrottet und legt sich mir zu Füßen hin,

während ich im Stehen den ersten Schluck nehme. Meine Finger tanzen über die Tastatur. Ich wähle Jax' Nummer, blind.

»Ja?«

Ich lasse die Kaffeetasse fallen, denn dass er sich meldet, habe ich nicht gedacht.

»Jax.«

»Lea. Was ist los?«

Ich höre seine Besorgnis, so wie er genau hört, dass etwas passiert ist. Vor Erleichterung möchte ich heulen, aber ich reiße mich zusammen. Mit wenigen Sätzen erzähle ich ihm, was sich zugetragen hat.

»Könnte das Black Swan gewesen sein?«

Ich höre, wie er schwer atmet. »Oder Tevez.«

»Aber mein Bruder weiß, wie ich aussehe.«

»Er muss es nicht selbst gemacht haben, oder?«

Das stimmt natürlich. Trotzdem scheint es mir absurd, dass mein Bruder einen Killer losschickt und ihm nicht wenigstens vorher das Familienalbum zeigt. So unprofessionell ist er nicht.

Oder will er nur wieder ein Zeichen setzen? Mich in meine Schranken weisen? Habe ich irgendwas getan, das seine Wut rechtfertigt?

Mehr als genug, fürchte ich.

Ich wechsle das Thema. »Wo bist du?«

»Unterwegs zu dir.«

Das ist nicht die Antwort, die ich mir erhofft habe, aber ich hake nicht nach. Manchmal muss man sich vielleicht mit dem zufrieden geben, was man bekommt.

»Wann bist du wieder hier?«

»Heute Abend. Und dann lasse ich dich nicht mehr los«, verspricht er mir.

Als wir auflegen, muss ich gegen die Tränen ankämpfen. Aber muss ich das wirklich? Warum darf ich nicht heulen, wenn mir danach ist?

Ich sinke aufs Sofa, und Troll setzt sich davor und legt eine Pfote auf die Sitzfläche, als wüsste er nicht genau, ob er das darf. »Na komm«, sage ich, und er springt rauf und rollt sich neben mir ein.

Zehn Minuten später ruft Juno wieder an. Sie hat ein Team

der Reinigungsfirma in mein Atelier geschickt. »Ich würde gerne mehr tun«, sagt sie leise.

»Ich komme schon klar«, behaupte ich.

»Können wir uns trotzdem heute Mittag sehen? Ich würde gerne ...«

»Okay.« Ich gebe nach.

»Danke.«

Der Vormittag vergeht quälend langsam. Ich gehe schwimmen, aber Zuko ist nicht da, und ich ziehe einsam meine Bahnen. Als ich aus dem Fahrstuhl steige und den Gang zu meinem Apartment entlanggehe, höre ich Troll heulen, den ich in der Zwischenzeit alleinlassen musste.

Vor meiner Wohnungstür haben sich zwei Nachbarn und ein junger Mitarbeiter vom Hausservice versammelt und beratschlagen, was sie gegen diesen »unerträglichen Lärm« tun sollen. Die eine Nachbarin, die kurzsichtige, pensionierte Richterin Rita Sanchez, giftet mich sofort an, dass Haustiere ja wohl verboten sind und ich zusehen soll, dass ich meinen Köter loswerde. Ich ignoriere sie.

Aber das mit Troll und mir ist keine auf Dauer ausgelegte Beziehung, das weiß ich auch so.

Zum Lunch mit Juno nehme ich ihn mit. Wir treffen uns in einem Dachcafé drei Blocks weiter. Die Platzanweiserin sieht mich mit hochgezogenen Brauen an, als ich völlig atemlos und verschwitzt dort eintreffe. Troll hat aus mir völlig unverständlichen Gründen Angst vor Fahrstühlen, und darum musste ich die achtundzwanzig Stockwerke mit ihm laufen.

Sie sagt zwar nicht, dass Hunde im Restaurant verboten sind, aber ich spüre an den Blicken der anderen Gäste, dass ich mich völlig unmöglich benehme. Die Platzanweiserin führt mich zu dem Tisch, an dem Juno bereits wartet. Sie ist ein bisschen blass um die Nase, aber in ihren Augen ist ein Leuchten, um das ich sie ehrlich beneide.

Vielleicht könnte sie mit Dean sogar glücklich werden, wenn ich nicht wäre.

»Oh, das ist aber ein feiner Kerl!« Sie springt auf und begrüßt erst Troll, dann mich. Es überrascht mich nicht, dass es für beide Liebe auf den ersten Blick ist. Er wufft leise und lässt

sich von ihr gründlich durchkraulen, während ich etwas nutzlos mit der Leine in der Hand danebenstehe.
»Er gehörte Mona.«
»Ach herrje, du Armer! Dann bist du jetzt ein Waise, nicht wahr? Das bin ich auch. Siehst du, kein Wunder, dass wir uns so gut verstehen ...«
Und so weiter. Ein bisschen schäbig komme ich mir vor, aber ich denke nicht zum ersten Mal darüber nach, Troll irgendwie loszuwerden. Und habe die rettende Idee.
»Vielleicht nimmst du ihn«, schlage ich vor. Ein Kellner reicht mir die Weinkarte, nachdem Juno sie mit einem verlegenen Lächeln abgelehnt hat. Ich bin nicht so schüchtern (und schwanger bin ich ja auch nicht) und bestelle eine Flasche Chardonnay. Troll hat sich auf Junos Füßen eingerollt.
»Du meinst den Hund?«
»Er mag dich. Und in meiner Wohnung sind Hunde nicht so gern gesehen.«
Unsicherheit flackert in ihrem Blick auf. »Ich weiß nicht, was Dean davon hält.«
»Dann frag ihn.«
Glaubt sie wirklich, er würde ihr vier Tage vor der Hochzeit irgendeinen Wunsch abschlagen?
Sie krault Troll.
Wir bestellen ein üppiges Mittagessen, obwohl ich keinen Hunger habe und Juno über Übelkeit klagt. Sie tut es wieder mit diesem Lächeln, und ich beneide sie kurz, weil ihr das Leben so einfach und perfekt erscheint. Sie ist schwanger. Sie heiratet in wenigen Tagen. Schöner kann es doch nicht sein, oder?
»Ich fand's toll, dass wir Samstag endlich Jackson kennengelernt haben. Verstehe ich gar nicht, warum du ihn vor uns versteckst.«
Ich lege die Gabel beiseite, mit der ich eher lustlos in den Nudeln mit Jakobsmuscheln gestochert habe.
»Es ist kompliziert«, behaupte ich.
»Ach ja?« Sie runzelt die Stirn. »Dean meint, er sei ein Geschäftsfreund, und er hat euch miteinander bekannt gemacht.«
Okay, so kann man es auch formulieren. Obwohl es nicht

die ganze Wahrheit ist.
Ich bin es leid, Juno die Wahrheit zu verschweigen. Und mir läuft die Zeit davon. Ich habe keinen Plan für die nächsten Tage und zugleich will ich einfach *irgendwas* tun.
Darum beschließe ich, dass es reicht. Ich muss ihr die Wahrheit sagen.
»Sie sind eher Konkurrenten.« Ich winke dem Kellner, damit er mir Wein nachschenkt. Wenn ich das hier durchziehen will, brauche ich Alkohol. Viel Alkohol.
»So ähnlich hat Dean es auch formuliert. Er meinte aber, Konkurrenz belebt das Geschäft.«
Eher das Gegenteil ist der Fall, denn bei einem Konkurrenzkampf zwischen zwei Kartellen kommt es oft zu Schießereien. Bandenkrieg, Kampf um jede einzelne Straßenecke, an der die Drogen vertickt werden. Dieses schmutzige Geld finanziert unseren Lebensstandard – die Pasta mit Jakobsmuscheln, den Wein und Junos Hummerhäppchen.
»Wie viel weißt du über unser Unternehmen?«, frage ich unvermittelt.
Sie runzelt die Stirn. »Nicht viel«, gibt sie zu. »Dean spricht ungern darüber, und dein Dad erzählt immer nur von den Wäschereien. Ich wusste nicht, dass man mit drei Dutzend Wäschereien so reich werden kann.«
»Es gibt mehr als nur die Wäschereien.« Die sind – ebenso wie Tankstellen, eine Restaurantkette und ein Einkaufszentrum – nur die Fassade. Aber vor allem die Wäschereien sind für uns wichtig, denn dort wird das Geld gewaschen, das wir mit den Drogen verdienen. Absurd, nicht wahr? Mein Vater hat Humor.
»Ich weiß. Dein Vater war immer sehr fleißig. Und jetzt arbeitet Dean sehr viel. Er meint, da sei einiges noch im Argen, aber er kriegt das wieder hin.«
Davon bin ich überzeugt.
»Ich muss mich eben daran gewöhnen, dass ich ihn teilen muss.« Sie lächelt und legt die Hand auf ihren Bauch. »Aber dafür habe ich ja bald Baby Tevez. Dann wird mir bestimmt nicht mehr langweilig.«
Ich möchte sie für diese verklärte Liebe hassen. Wieso sieht

sie nicht, was ich weiß? Verschließt sie einfach die Augen vor der Wahrheit oder ist sie so naiv?

Es wäre so einfach. Ich könnte ihr erzählen, wie ich Chrissas Leiche fand. Wie Dean mir danach das Brillantarmband zeigte, das er in ihrem Haus mitgehen ließ, damit es wie ein Raubüberfall aussah. Aber vermutlich gibt es das nicht mehr. Es ist der einzige Beweis, den ich für seine Tat vorbringen kann.

So doof wird er nicht sein, dass er es aufgehoben hat. Außerdem weiß ich nicht, ob Juno das Armband überhaupt mal gesehen hat ...

Zu viele Unwägbarkeiten. Schlimmstenfalls bringe ich sie damit nur gegen mich auf.

Im besten Fall allerdings ...

Inzwischen habe ich so viel Wein in mich hineingeschüttet, dass ich ihn deutlich spüre. Der Kellner schenkt den Rest aus der Flasche nach und fragt, ob ich noch eine will. Ich lehne dankend ab. Das reicht.

»Ist alles in Ordnung, Lea?« Besorgt nimmt Juno meine Hand.

Ich schüttle den Kopf. »Ich muss dir was erzählen«, flüstere ich.

»Was denn? Oh, sag mir nicht, dass du dich von Jackson getrennt hast! Er ist so ein feiner Kerl!«

Ich schüttle den Kopf.

»Schlimmer.«

Obwohl ich mir kaum etwas Schlimmeres vorstellen kann als ein Leben ohne ihn.

»Nun sag schon. Was ist denn nur los?«

»Ich habe Angst.«

»Das verstehe ich so gut, Liebes! Immerhin ist in deinem Atelier deine Freundin ermordet worden. Bestimmt schläfst du nicht gut. Weißt du was? Du kommst einfach für die nächsten Tage zu uns. Dean hat bestimmt nichts dagegen. Du kannst mir bei den letzten Vorbereitungen helfen, und vielleicht hilft es mir gegen die Nervosität.«

Ich schüttle jetzt so heftig den Kopf, dass er schmerzt. Himmel, dieses mittägliche Besäufnis werde ich bitter bereuen.

»Ich kann nicht zu euch kommen. Wegen Dean.«
Plötzlich ist Juno wie erstarrt. Sie zieht die Hand zurück, nimmt ihre Gabel wieder und beginnt, die Hummerstückchen zu essen. Mechanisch tunkt sie die rosigen Häppchen in die flüssige Butter und schiebt sie in den Mund. Sie schaut mich nicht an und kaut mit halbgeschlossenen Augen.
»Juno?«, flüstere ich.
Sie blickt auf. »Nein.«
Ihre Stimme wie ein Peitschenhieb, ihre blauen Augen eiskalt. Ich zucke zurück.
»Entschuldige, ich ...«
»Lass das«, fährt sie mich an. Alles Sanfte ist verschwunden, als hätte ihr jemand eine Maske vom Gesicht gerissen. »Ich weiß, was du sagen willst. Aber du hast Unrecht, Lea. Er ist nicht so, wie du denkst.«
Ach, wenn du wüsstest ...
»Er hat dich verprügelt«, erwidere ich.
»Ich bin die Treppe runtergefallen«, kontert sie ruhig. »Mir wurde auf dem oberen Treppenabsatz schwindelig und ich bin gestürzt. Er hat mich sofort ins Krankenhaus gebracht, und es sind nur ein paar Prellungen.«
Ich glaube ihr kein Wort.
»Bist du sicher, dass das kein zweites Mal passiert? Stell dir vor, du stürzt noch mal die Treppe runter und diesmal ... diesmal passiert etwas mit dem Baby.«
Sie will gerade einen Schluck Wasser nehmen. Das Glas verharrt auf dem Weg zum Mund. Ihre Augen verändern sich. Das Eisige verschwindet. Für den Bruchteil einer Sekunde sehe ich die Unsicherheit, die sie krampfhaft dahinter verbirgt. Die Panik.
»Das wird er nicht tun.«
»Bist du dir absolut sicher?« Bevor sie antworten kann, spreche ich weiter: »Denn wenn du dir absolut und hundertprozentig sicher bist, dass du kein zweites Mal die Treppe ›runterfällst‹, dann halte ich zukünftig den Mund. Dann habe ich nichts gesagt. Und es ist mir egal, ob es wieder passiert oder was dann mit dir und dem Baby geschieht.«
Tränen treten ihr in die Augen, und ihre Unterlippe bebt.

»Lea ...« Sie klingt flehend. Ängstlich.
»Sprich mit mir, Juno. Ich will dir doch nur helfen.«
Sie schüttelt heftig den Kopf. »Ich kann nicht«, sagt sie. »Bitte, ich kann das nicht.«
»Aber ...«
»Nein! Nicht!« Sie stellt das Glas so heftig ab, dass das Wasser überschwappt. Köpfe fahren zu uns herum, und sie senkt die Stimme zu einem Flüstern. »Ich liebe ihn, Lea. Verdammt, ich habe keine Ahnung, woher das kommt, aber ich liebe Dean wie ich vor ihm noch keinen Mann geliebt habe. Er war in meiner schwersten Stunde da. Weißt du, dass ich gehofft habe, dich bei der Trauerfeier zu treffen? Aber dann war er da, und als ich ihn nach dir fragte, sagte er nur, du seist verschwunden ... Ich wollte mich nicht in ihn verlieben, er war so ... einfach nicht der Typ Mann, in den ich mich je verliebt hätte, ja. Aber er war da. Immer. Er hat mich gerettet.«

So wie Jax mich gerettet hat, wenn auch auf ganz andere Art und Weise ...

»Und ich weiß, dass die Wäschereien nicht nur Laken und Hemden waschen. Ich weiß, dass dahinter dunkle Geschäfte laufen, dass das Geld in irgendwelchen Kanälen versickert und wieder auftaucht. Aber ich bin in einem Ghetto aufgewachsen. In einem Viertel, in dem jede Woche ein Bandenmord passierte, jeden Tag irgendwo eine Schießerei war. Ich habe gesehen, was das mit den Menschen macht. Sie wollen nicht in diesem Sumpf versinken, aber genau das passiert. Du hast dort unten keine andere Wahl. Entweder du wirst Dealer oder du verlierst deine Kinder an die Drogen oder du musst dich irgendwie hocharbeiten. Das habe ich versucht, aber nach dem Mord an Chrissa war es mir egal. Da konnte ich nicht mehr kämpfen.«

Ich lausche ihr atemlos. Kenne ich Juno überhaupt? Bisher habe ich gedacht, sie sei so arglos und naiv, dass sie nichts von dem mitbekommt, was um sie herum geschieht.

»Du tust gerade so, als wäre Tevez in L.A. ein unbekannter Name. In meiner Welt ist er das nicht. In meiner Welt wissen wir, dass die Tevez die Drogen in dieser Stadt kontrollieren, und es ist mir egal. Ich komme von ganz unten, und ohne Chrissa hätte ich nie die Chance aufs College gehabt. Nachdem sie weg war, hatte ich Angst, wenige Wochen später meinen Körper verkaufen zu müssen, um überhaupt über die Runden zu kommen.«

Mir wird schlecht. Ich will, dass sie aufhört, all diese schlimmen Dinge zu sagen. Doch Juno ist noch nicht fertig. »Ich verkaufe mich lieber an den Mann, den ich liebe, als an Dutzende Wildfremde. Und wenn er mich die Treppe runterstößt, weil ich einen Fehler gemacht habe, ist das so. Wenn er mir ein Veilchen verpasst, weil ihn etwas wütend macht, das mit mir nichts zu tun hat, halte ich das aus. Damit kann ich leben. Es wird kein zweites Mal passieren, es wird auf keinen Fall passieren, solange ich schwanger bin. Ich werde dieses Baby mit meinem Leben beschützen, Lea. Und ich hoffe, wenn ich aus irgendeinem Grund nicht mehr bin, wirst du es genauso tun.«

Ich beuge mich vor. Inzwischen bekomme ich kaum mehr Luft, und ich habe das Gefühl, der Raum dreht sich um uns. Die anderen Gäste haben sich längst von uns abgewandt und ihre Unterhaltungen wieder aufgenommen.

»Schön und gut«, sage ich leise. »Aber kannst du ihm alles verzeihen? Auch einen Mord?«

Sie erwidert meinen Blick. Die Angst und der Trotz ringen mit sich, das sehe ich sehr deutlich. Doch dann nickt sie. »Auch das.«

Ich springe auf. Keine Sekunde länger halte ich es hier aus. Ich stürze zu den Waschräumen, sprinte in eine der Kabinen und knie mich vors Klo, wo ich die Pasta mit Muscheln und einen Großteil des Weißweins erbreche. Ich heule und kotze, kotze und heule. Was geschieht hier?

Hat mir Juno gerade wirklich gesagt, dass auch ein Mord in Ordnung ist, solange sie leben darf?

Höchste Zeit, dass sie Dean heiratet.

Sie ist jetzt schon mehr eine Tevez, als ich je sein werde. Dean und Juno haben einander so sehr verdient, dass für mich dazwischen kein Platz ist.

Als ich zum Tisch zurückkomme, ist das Geschirr abgeräumt, und Juno bezahlt gerade mit ihrer schwarzen Kreditkarte die Rechnung. Ich sinke auf meinen Stuhl und starre an ihr

vorbei.
Das Gefühl, dass wir uns nichts mehr zu sagen haben, tut weh.
»Sehen wir uns vor der Hochzeit noch?«, fragt sie. Ihre Stimme klingt so munter, als hätten wir uns gerade über etwas völlig Belangloses gestritten. Sie steht auf und hält Trolls Leine in der Hand.
Ich blicke sie nur stumm an.
»Ich rufe dich an«, sagt sie. Dann geht sie, und ich spüre, wie all das Schwarze, das sich in den letzten Tagen und Wochen immer mehr um mich drängte, unwiderruflich Besitz von mir ergreift.

Ich liege im Dunkel meines Schlafzimmers. Die Vorhänge sperren das Tageslicht aus, und die Klimaanlage surrt leise. Wenn ich mich bewege, raschelt die Bettwäsche so laut, dass ich glaube, mir platzt der Kopf.
Es ist der Morgen danach.
Die letzten achtzehn Stunden habe ich im Bett verbracht.
Nach dem Mittagessen mit Juno bin ich mit dem Taxi nach Hause gefahren. Ich habe Julius angerufen und den Schießunterricht für Mittwochfrüh abgesagt. Daheim zog ich mich bis auf die Unterwäsche aus und kroch unter die Decke. Noch nie habe ich mich so elend gefühlt. Es ist kein Kater vom Wein, denn den habe ich großteils erbrochen. Nein, ich fühle mich emotional verkatert.
Was ist mit mir los? Oder sind es die anderen, die irgendwie komisch sind? Wie kann es sein, dass Juno sich so viel besser in unsere Familie fügt, als ich es je tun werde?
Ich habe es nicht übers Herz gebracht, ihr von Chrissa zu erzählen. Dass Dean ihr Mörder ist. Es ist meine letzte Waffe, der letzte Pfeil in meinem Köcher, den ich mit Bedacht einsetzen muss.
Ich weiß nicht mal mehr, ob dieses Wissen dann tatsächlich etwas bei ihr bewirken würde. Oder ob sie sich schon so sehr darauf versteift hat, dass Dean sie rettet und deshalb daneben nichts zulässt.
Die meiste Zeit schlafe ich. Wenn ich wachliege, lausche

ich auf Geräusche im Haus, doch es ist angenehm ruhig. Ich frage mich, was genau zu diesem Streit geführt hat. Warum er sie die Treppe runterstieß, wenn sie doch weiß, wie er ist. Wenn sie doch vorsichtig ist und ihn nicht reizen will. Meine Muskeln schmerzen und es fühlt sich an, als wäre ich einen Marathon gelaufen. Ich stehe am Morgen nur kurz auf, stelle mich eine halbe Stunde unter die heiße Dusche und trinke ein Glas Orangensaft. Mehr geht nicht. Danach krieche ich wieder ins Bett und hoffe, dass dieses Gefühl vorbeigeht.

Jax' Nachrichten ignoriere ich ebenso wie die von Juno und Charlotte – woher hat sie überhaupt meine Nummer? – die mich nach dem Rezept für einen Reisauflauf fragt, den mein Vater gerne essen möchte und den die Haushälterin nicht so hinkriegt wie meine Mutter.

Irgendwann schlafe ich wieder ein.

Ich werde wach, weil ich nicht mehr alleine bin. Jemand ist bei mir im Zimmer. Ich fahre hoch und will schreien, als er schon die Hand auf meinen Mund presst und mich in die Matratze drückt. Sein schwerer Körper ist so plötzlich über mir, dass ich fürchte, es raubt mir den Atem. Ich wehre mich, aber er ist stärker. Ich will nach ihm treten, doch er schafft es, meine Beine nach unten zu drücken. Mit der freien Hand hält er meine Handgelenke und biegt die Arme schmerzlich über meinen Kopf.

Ich versuche, irgendwas im Dunkeln zu erkennen. Ich spüre die Panikattacke heranrauschen; sie wird mich lähmen und diesem Eindringling völlig hilflos ausliefern.

»Wehr dich nicht«, flüstert er.

Ich erkenne seine Stimme.

Die Erleichterung vermag nicht, alle Angst aus meinem Körper zu bannen. Jax ist zurück. Herrgott, er ist wieder da. Hat sich in mein Apartment geschlichen und denkt, ich habe hier auf ihn gewartet, nur in Unterwäsche.

Ich weiß, was er will.

»Nicht«, jammere ich leise. Dabei vermag es nur seine Berührung, diese Schmerzen auszulöschen, die sich mir eingebrannt haben.

»Nicht?«

Er lockert sofort den Griff und nimmt das Gewicht von meinem Oberkörper. Aber jetzt fehlt er mir, und er fehlt mir so sehr, dass ich aufheule.

»Nimm mich«, flüstere ich.

Diesmal fragt er nicht nach. Er tut einfach, worum ich ihn bitte, als fürchtet er, ich könnte es mir nochmal anders überlegen, wenn er zögert.

Seine Hände sind überall. Er schiebt die Träger meines Hemdchens nach unten, entblößt meine Brüste. Die kalte Luft streicht darüber hinweg, und sofort werden meine Nippel steinhart. Andächtig berührt er sie, ehe er sich über mich beugt und sie in den Mund nimmt – erst links, dann rechts. Er saugt an ihnen, und in meinem Unterleib flammt das Begehren wieder auf. Dieses Mal ist es so heftig, dass mir für einen Moment alles vor den Augen verschwimmt.

Ich stöhne leise.

Er macht weiter. Schiebt das Hemd nach unten bis zu den Hüften, streichelt meinen Bauch. Seine Lippen wandern hinab zu meinem Bauchnabel, in den er spielerisch die Zunge taucht. Ich winde mich unter ihm. Das, was er mit mir macht, ist ohne jeden Zweifel *gut*, es ist *intensiv* ... Aber nicht das, was ich in diesem Moment brauche.

Ich brauche mehr von ihm, ich will ihn härter, gnadenlos.

»Bitte«, wimmere ich.

Er versteht und reißt mir den Stoff vom Leib. Ich schreie auf, als würde er mir die Haut vom Körper schälen, und daraufhin hält er mir wieder den Mund zu. Ich ersticke fast an seiner Hand, er presst sie so fest auf Lippen und Nase, dass ich keine Luft mehr bekomme. Da ist die Panik wieder, und ich heiße sie willkommen, denn sie ist ein Teil von mir. Sie hat mir schon einmal das Überleben gesichert.

Seine andere Hand schiebt meine Beine auseinander. Er ist nicht mehr zärtlich, sondern genau so, wie ich ihn will – erbarmungslos und ohne Skrupel. Seine Hand nestelt an der Hose, und ich klammere mich mit den Händen am Kopfteil meines Betts fest. Im nächsten Moment ist er in mir.

Der erste Stoß ist so hart, dass er mir die Tränen in die Augen treibt. Ich stöhne unter seiner Hand. Mein Herz rast, das Blut rauscht mir in den Ohren. Der Sauerstoffmangel macht sich bemerkbar; ich fühle mich plötzlich ganz leicht.

Jax lockert den Griff um meinen Mund. Seine Lippen sind dicht an meinem Ohr. »Ist es das, was du willst?« Seine Stimme klingt rau. Er stößt ein zweites Mal zu, füllt mich zur Gänze aus, dass es fast wehtut. Aber nur fast, denn hinter dem Schmerz lauert bereits die Lust, nach der ich mich so sehr verzehre.

Ich nicke.

»Ja. So willst du gefickt werden.«

Ich schreie jetzt unter seiner Hand. Seine Lippen wandern hinab, er beißt mich in den Hals. Es tut so weh! Die Panik ist jetzt vollends erblüht, ich will um mich schlagen und liege doch nur wie gelähmt unter ihm. Seine Stöße werden schneller. Er fickt mich genauso erbarmungslos, wie ich es jetzt brauche. Er tut mir weh. Merzt alles aus, was andere Menschen mir antun. Seine Nähe ist wie eine Wunde und zugleich der Verband, damit ich wieder heil werden kann.

Er vögelt mich schnell und hart. Es dauert nicht lange, bis ich den Orgasmus spüre. Eine Sekunde lang glaube ich, ihn aufhalten zu können, damit er noch intensiver wird, doch dann ist dieser Moment schon vorbei und ich schreie unter ihm all meine Lust und meinen Schmerz zur Zimmerdecke hinauf. Jax stöhnt auf, und dann spüre ich, wie auch er kommt.

Wir bleiben völlig verschwitzt und ermattet liegen.

Erst ein paar Minuten später richtet er sich auf. Er setzt sich auf die Bettkante, und ich drehe mich von ihm weg und rolle mich zu einem winzigen Menschenknäuel zusammen. Jetzt kann ich den Tränen freien Lauf lassen. Ich weine um Chrissa, um die namenlosen Nutten, die mein Bruder ermordet hat und um Juno und ihr ungeborenes Baby, die er auch ermorden wird, wenn ich gehe.

Ich weine um sie, weil ich weiß, dass es so kommen wird. Es ist vorbei. Ich kann nicht länger um sie kämpfen, denn mein Bruder hat längst gewonnen.

Jax streichelt meinen Rücken. Dann nimmt er mich irgendwann in die Arme, und er wiegt mich wie ein kleines Kind. Ich

lasse es geschehen. Seine tröstenden Laute halten mich fest.
»Es tut mir leid«, flüstert er. »Ich weiß nicht, was da gerade mit mir los war ...«
Ich habe eine ungefähre Ahnung. Ich weiß nicht, wo er die letzten Tage gesteckt hat, aber was auch immer dort geschehen ist, hat auch bei ihm für Wut und Enttäuschung gesorgt. Auch er hat jemanden verloren, um den er gekämpft hat. Und er wollte sich wieder spüren.
»Es war perfekt«, flüstere ich.
Nie hat etwas so sehr gestimmt. Nie gab es einen perfekteren Moment für uns.

8. Kapitel

Wenn sich die Ehrenjungfer wenige Tage vor der Hochzeit mit der Braut zerstreitet, geht es meist um Banalitäten: Das Kleid der Ehrenjungfer ist zu scheußlich, sie mag den Bräutigam nicht oder hat sich so sehr danebenbenommen, dass sie für eine Familienfeier nicht tragbar ist.

Mein Kleid ist aus einem wunderschönen, dunkelroten Taft mit winzigen Schmetterlingsärmeln und besticktem Mieder. Ich liebe den Bräutigam, obwohl er ein Monster ist, denn wie kann man den eigenen Bruder nicht lieben? Und bis auf mein Besäufnis im Restaurant mit der anschließenden Kotzorgie – außer Juno weiß niemand etwas davon – habe ich mich immer vorbildlich verhalten.

Trotzdem klingt Juno kühl, und sie schließt mich nur kurz in die Arme, als ich am Hochzeitsmorgen kurz vor der Trauung zu ihr komme. Sie steht auf einem winzigen Hocker, während zwei Schneiderinnen und eine Friseurin versuchen, letzte Änderungen an ihrem Outfit vorzunehmen.

Dabei sieht sie absolut perfekt aus, und das sage ich ihr auch.

»Danke.« Ihr Lächeln ist seltsam distanziert.

Seit Dienstag haben wir nicht miteinander gesprochen. Ich würde ihr gern sagen, dass ich sie verstehe. Dass sie sich keine Sorgen machen muss. Ich bin in dieser Familie aufgewachsen und wäre wirklich die Letzte, die ihr einen Vorwurf daraus macht, wenn sie sich dafür entscheidet, ein Leben in Sicherheit zu führen und die Augen davor zu verschließen, mit welchem Elend diese Sicherheit erkauft wird.

Ihr Kleid ist wunderschön. Ganz schlicht und weiß, mit einem Empire-Ausschnitt und einer kleinen Schleppe. Sie trägt keinen Schleier. Die Haare sind nur hochgesteckt und mit winzigen, weißen Steckrosen geschmückt.

Ihr Lächeln ist etwas zittrig, aber das ist wohl nur zu verständlich. Immerhin heiratet sie heute. Da wäre jede Frau aufgeregt, oder?

Ob Jax und ich irgendwann heiraten?

Die Frage hat sich mir nie gestellt. Aber jetzt denke ich darüber nach.

Wir haben einen Plan. Heirat ist dabei nicht vorgesehen. Diesen Plan haben wir in den letzten drei Tagen ausgetüftelt, ihn immer wieder durchgesprochen, bis wir sicher waren, dass es so klappen wird.

So und nicht anders.

Jemand klopft an die Tür, und weil alle anderen gerade beschäftigt sind, gehe ich hin und öffne.

Vor der Tür stehen zwei Männer.

»Guten Tag, Ma'am.« Der Jüngere mustert mich neugierig. Sein Begleiter zückt eine Dienstmarke. »Ich bin Sergeant Frank Walters und das ist mein Kollege Detective Brown. Wir kommen von der Mordkommission und würden gerne mit Miss Myers sprechen.«

Ich starre die beiden an. Das ist jetzt nicht ihr Ernst, oder?

»Entschuldigen Sie, aber Juno ist gerade beschäftigt.«

Sie heiratet in einer Viertelstunde, ihr Arschlöcher. Ihr wollt nicht allen Ernstes mit einer aufgeregten Braut sprechen? An ihrem Hochzeitstag, kurz bevor sie den Mittelgang entlangschreitet?

»Das wissen wir. Es tut mir leid, aber es ist dringend.«

»Was ist denn?«, höre ich Juno fragen.

»Nichts«, rufe ich über die Schulter. Ich schlüpfe aus dem Raum und ziehe die Tür hinter mir zu.

»Hören Sie, Mr. Walters, meine Schwägerin kann jetzt nicht mit Ihnen sprechen. Heute ist ihre Hochzeit. Kommen Sie morgen oder übermorgen wieder.«

»Tut mir leid, das geht nicht.« Mr. Walters sieht tatsächlich aus, als würde er es bedauern, dass er Juno stören musste. »Ich verspreche, es dauert nicht lange.«

Ich überlege fieberhaft, wie ich die Situation entschärfen kann.

»Vielleicht kann ich Ihnen weiterhelfen?«

»Das glaube ich nicht. Es geht um Miss Myers' zukünftigen Mann Dean Tevez.«

»Er ist mein Bruder.«

»Ja, das wissen wir.«

Er lächelt humorlos. Natürlich wissen sie das. Das LAPD ist nicht doof.
Ich atme tief durch. »Worum geht es denn?«, frage ich.
»Das würden wir lieber mit Miss Myers besprechen.«
Ich will nicht nachgeben, aber mir fällt nichts mehr ein. Wenn schon »das ist Junos Hochzeitstag, ihr Idioten!« nicht zieht – was bleibt dann noch?
»Ich sage ihr Bescheid.«
»Danke, das wissen wir zu schätzen.«
Ich betrete wieder die Garderobe. Juno steigt gerade vom Hocker und stellt sich vor den Spiegel. Ich merke, wie sie die Lippen verzieht.
Sie übt ihr Lächeln ein.
Das tut weh ... Sie kann sich nicht mal am Hochzeitstag freuen, und daran bin ich schuld. Weil ich unbedingt meinte, sie mit der dunklen Seite unserer Familie konfrontieren zu müssen.
»Da draußen stehen zwei Detectives vom LAPD und wollen dich sprechen.«
Das Lächeln, das zuvor gezwungen wirkte, fällt in sich zusammen.
»Was wollen sie denn?«, fragt Juno zerstreut.
»Mit dir reden. Ich habe ihnen gesagt, dass das jetzt nicht geht, aber davon wollten sie nichts hören.«
Juno nickt. »Okay«, sagt sie leise. »Dann sollen alle gehen.«
Die Frauen ziehen sich diskret zurück. Keine sagt ein Wort. Ich will auch gehen, aber Juno hält mich auf.
»Bleib«, bittet sie mich.
»Okay«, sage ich leise.
Leider sind die Detectives von meiner Anwesenheit nicht besonders begeistert. Sie stellen sich Juno vor und entschuldigen sich für die Unannehmlichkeiten. Dann setzen die drei sich in eine Sitzgruppe – Juno aufs Sofa, die beiden Ermittler jeweils auf die Sessel. Sie bedeutet mir, dass ich mich zu ihr setzen soll.
»Wir würden lieber mit Ihnen allein reden«, versucht Sergeant Walters es ein letztes Mal.

»Nein.«
»Also gut.« Er zuckt mit den Schultern und blättert in seinem Notizblock.
Juno nimmt meine Hand und drückt so fest zu, dass ich fast aufschreie.
»Es geht um ihren Verlobten Dean Tevez. Sie haben ihn vor knapp zwei Wochen als vermisst gemeldet, ist das richtig?«
»Ja. Er verschwand am Sonntagabend nach einem Streit.«
»Wann genau war das?«
Sie runzelt die Stirn. »Gegen elf Uhr.«
»Hmhm. Und Sie haben ihn am darauffolgenden Dienstag als vermisst gemeldet.«
»Er kam nicht nach Hause. Ich habe mir Sorgen gemacht.«
»Wann ist Ihr Verlobter wieder aufgetaucht?«
»Lea hat ihn gefunden.«
Ich erwidere ihren Händedruck.
»Wo war er?«
Als Juno darauf nicht antwortet, mische ich mich ein. »Er war für die zwei Tage bei unserem Bruder Vic, der nach einem schweren Unfall auf einer Farm zwei Stunden von L.A. entfernt gepflegt wird.«
Sergeant Walters macht sich Notizen.
»Das kann Ihr Bruder Vic bestätigen?«
»Ich bezweifle es. Er ist seit dem Unfall vor einigen Jahren im Wachkoma. Aber seine Pflegerin könnte eventuell Auskunft geben.«
»Warum genau hat er sich dort aufgehalten?«
Juno lacht verlegen. »Es war ein dummer Streit. Ich glaube, ich war einfach die typische hysterische Braut. Außerdem habe ich kurz zuvor erfahren, dass ich schwanger bin. Ich fürchte, das war etwas viel auf einmal für DeeDee.«
Er sagt nichts, sondern zieht nur die Augenbrauen hoch.
»Okay, Folgendes.« Entschlossen klappt er den Notizblock zu und haut ihn sich auf den Oberschenkel. »Ihr Verlobter Dean Tevez steht im Verdacht, am Tod einer Nutte in Van Nuy beteiligt zu sein. Sie wurde an besagtem Sonntag abends um acht Uhr das letzte Mal lebend gesehen, als sie in einen matt lackierten schwarzen Lamborghini stieg. Von denen gibt's selbst

in L.A. nicht besonders viele, und wir überprüfen alle Fahrer dieses Fahrzeugtyps.«

Ich sitze da wie versteinert.

»Du meine Güte«, sagt Juno fröhlich. »Dean würde niemals so etwas tun.«

»Sie glauben ja nicht, wie oft wir so etwas schon gehört haben«, meldet sich Detective Brown zu Wort. »Glauben Sie mir, wenn ich dafür jedes Mal einen Dollar bekäme, würde ich hier nicht sitzen.«

»Aber Dean war doch am Abend bei mir«, sagt sie unsicher.

»Hat er vielleicht noch ein zweites Auto? Kann es sein, dass er den Lamborghini an einen Freund verliehen hat?«, fragt Frank Walters.

Juno schüttelt den Kopf. »Keine Ahnung. Da müssen Sie ihn selbst fragen.«

»Das werden wir tun, keine Sorge.« Mr. Walters gibt sich einen Ruck. »Wir möchten Sie auch nicht länger aufhalten, Miss Myers. Miss Tevez ...«

Die beiden Detectives stehen auf, und wir folgen ihrem Beispiel. Wir geben uns die Hand, und dann verlassen sie die Garderobe.

Wir schweigen. Juno sinkt aufs Sofa. Mit der linken Hand umklammert sie das rechte Handgelenk und gräbt die Fingernägel tief ins Fleisch an der Innenseite des Gelenks. Dort, wo es besonders weh tut.

»Nicht, Juno«, sage ich leise. »Tu das nicht.«

Sie kratzt. Gräbt die Fingernägel tief dort hinein, wo es weh tut. Dabei sieht sie mich nicht an, sie sieht gar nichts, will mir scheinen.

»Juno ...« Ich nehme sanft ihre Hand. Sie reißt sich von mir los. Jetzt trifft mich ihr Blick, und er ist voller Hass und Abscheu. Ich pralle entsetzt zurück.

»Das hat er also getan? Er hat diese Nutte ermordet?«

Ich zucke hilflos mit den Schultern. Hat sie denn wirklich noch einen Beweis dafür gebraucht, was für ein Monster mein Bruder ist?

Der Mittelgang der kleinen Kirche St. Ambrosius liegt vor mir.

Links und rechts sind die Kirchenbänke gut gefüllt. Über zweihundert Gäste haben sich eingefunden.

Der Blumenschmuck ist schön, fährt es mir durch den Kopf.

Ich recke das Kinn, halte das kleine Bouquet vor meinem Bauch gut fest und schreite den Gang mit gemessenen Schritten ab. Einen Fuß vor den anderen.

Die Musik setzt ein. Alle Hochzeitsgäste stehen auf, sie drehen sich um und sehen mir erwartungsvoll entgegen. Ich weiß, sie warten nicht auf mich oder auf die anderen Brautjungfern, die mir mit ebenfalls gemessenen Schritten folgen. Sie interessieren sich nur für Juno.

Jax sitzt in der dritten Reihe. Er lächelt aufmunternd, doch mein Blick geht gleichgültig über ihn hinweg wie über alle anderen. Das Lächeln ist auf meinem Gesicht festgefroren und tut weh.

Ich erreiche den Altarraum und biege nach links ab, finde meinen vorgeschriebenen Platz und warte auf die anderen.

Die Orgel braust auf, die Musik wird lauter. Der Hochzeitsmarsch. Was Klischees angeht, ist auf Junos Geschmack Verlass.

Sie geht allein den Mittelgang entlang. Da ihr Vater schon lange tot ist und sie keinen Kontakt zum Rest der Familie hat, wäre allenfalls mein Vater in Frage gekommen, um sie zum Altar zu führen. Aber er sitzt ganz vorne. Sein Kopf ist nach vorn gesackt, das Kinn ruht auf der Brust. Ist er eingeschlafen? Kaum vorstellbar bei der lauten Musik. Charlotte neben ihm trägt ein graues Kostüm mit hochgeschlossener Bluse und knielangem Rock. Ich lächle ihr dankbar zu, doch sie hat nur Augen für Juno.

Ich würde gerne behaupten, dass die Trauung ein einziges Desaster ist. Dass der Bräutigam sich verhaspelt, die Braut in Tränen ausbricht und irgendjemand aufspringt und versucht, in letzter Sekunde die Hochzeit zu verhindern. Nichts dergleichen passiert. Dean wirkt sehr ernst, und als er sein Ehegelöbnis spricht, kribbelt mir die Nase, weil er die richtigen Worte findet. Irgendwie schafft er es, dass ich ihm seine Liebe zu Juno glaube.

Sie werden getraut, tauschen die Ringe, sie küssen sich.

Dann ist es vollbracht, und Juno ist Teil unserer Familie. *Willkommen. Du kennst wenigstens vorher das Schlangennest, in das ich hineingeboren wurde. Du hattest die Wahl.* Mein Mitleid hält sich daher in Grenzen.

Meine Füße klatschen auf die Fliesen. Ich bücke mich und tauche mit beiden Händen ins kühle Wasser, benetze das Gesicht damit und richte mich auf. Sonntagmorgen um fünf. Außer mir ist niemand im Schwimmbad. Wen habe ich denn erwartet? Zuko? Ich gehe ihm aus dem Weg. Mit einem Kopfsprung stürze ich mich ins Wasser und beginne, meine Bahnen zu ziehen. Lange tauchen, dann kraulen bis zum Ende des Beckens. Meine Bewegungen sind geschmeidig, und wenn ich auch nur ansatzweise einen Kater gehabt habe, spüle ich ihn mir mit dieser Sporteinheit aus den Knochen.

Als ich nach zwanzig Minuten das erste Mal am Beckenrand auftauche, steht er wie aus dem Boden gewachsen vor mir.

»Hallo Lea«, sagt Zuko.

Ich wende mich ab und schwimme weiter.

Er bleibt stehen, bis ich aus dem Wasser steige und nach meinem Handtuch greife.

»Du kannst nicht vor mir weglaufen«, ruft Zuko.

»Würde ich aber gerne«, rufe ich zurück.

Er folgt mir in die Umkleideräume. Aus dem Spind hole ich meine Sachen.

»Wir müssen reden.«

Ich knalle die Spindtür zu. »Jetzt willst du reden?«, fauche ich ihn an. »Jetzt, nachdem sie verheiratet ist?«

»Lea.« Er seufzt und setzt sich auf die Bank zwischen den beiden Spindreihen. Ich setzte mich mit dem Rücken zu ihm dazu.

»Wir können Juno nicht rausholen. Sie hat ihm ein Alibi verschafft. Das kriege ich bei meinem Vorgesetzten nicht durchgesetzt.«

»Seid ihr schon mal auf die Idee gekommen, warum sie das tut? Sie hat *Angst*, verdammt noch mal. Aber sie kann nicht aus ihrer Haut, weil sie schwanger ist. Und weil er sie schon einmal verprügelt hat. Sie fürchtet um ihr Baby. Und ihr zwingt sie, bei ihm zu bleiben. Vermutlich wird sie noch aus irgendeinem verdrehten Grund der Mittäterschaft angeklagt, wenn ihr ihn eines Tages kriegt.«
»Wir können dich immer noch rausholen.«
»Ich habe aber keine Ahnung, wie ich an das Zeug rankommen soll, das ihr wollt.«
»Hier.« Er holt einen USB-Stick aus der Hosentasche seiner Badehose. »Das ist ein Programm, mit dem wir Zugriff auf das Computersystem deines Vaters bekommen. Du brauchst nur den USB-Stick mit seinem PC verbinden und das Programm darauf starten. Den Rest erledigen wir. Die Daten werden auf den USB-Stick gezogen und voilà, du hast deine Pflicht getan.«
»Das ist alles?«
»Irgendwann wirst du gegen die beiden aussagen müssen«, sagt Zuko. »Aber das kann noch Jahre dauern.«
Ich wiege den USB-Stick in der Hand. Es klingt so einfach, nicht wahr? Ins Haus meines Vaters gehen, das Programm starten, ein paar Minuten warten, verschwinden. Dann wäre es vorbei.
»Wann?«, frage ich mit rauer Stimme.
»Bald. Und komm nicht auf die Idee, vorher unterzutauchen. Ich weiß, was Jax und du vorhabt.«
»Wir haben einen Plan B, ja.«
»Schlechte Idee. Du weißt, was mit deiner Künstlerkollegin Mona passiert ist.«
»Das war Black Swan, nicht wahr?«
»Ein Stümper von Black Swan, ja. Wir können für Jax im Moment nichts tun. Und auch für dich wird es eng. Ich würde dich gerne besser überwachen lassen. Bei Black Swan wissen sie von dem Irrtum und werden das nächste Mal jemanden schicken, der den Job zuverlässig erledigt.«
Marcus.
Das nächste Mal schicken sie Mr. Slack Ass. Er ist der Nef-

fe vom alten Raimund Swan. Eines Tages wird er Black Swan übernehmen, und eine Zeitlang hat er mit Jax zusammengearbeitet. Wenn sie ihn schicken, bin ich verloren.

Aber das bin ich ohnehin, egal wohin ich mich drehe und wende. Das FBI will Jax nicht retten. Juno auch nicht. Es geht nur um mein Überleben. Was ich auch tue, es wird nur mir helfen.

Reicht mir das? Kann ich damit leben?

»Bis wann braucht ihr das hier?« Ich hebe den USB-Stick hoch.

»Montagabend.«

»Und dann?«

»Wir holen dich ab. Wann und wo, teile ich dir früh genug mit.«

Ich hoffe, sie wissen, was sie tun.

Aber bis Montagabend bin ich hoffentlich schon über alle Berge.

9. Kapitel

»Soll ich nicht doch mitkommen?«, fragt Jax.
Ich sitze auf meinem Bett und schnüre die Stiefel. Da gestern die Hochzeit war, ist das samstägliche Dinner bei meinem Dad ausgefallen. Gute Gelegenheit, Sonntagmittag bei ihm und Charlotte vorbeizuschauen.
»Ich schaffe das allein.«
Mir wäre auch wohler dabei, wenn er mich begleiten würde, aber das hier ist eine Familiensache. Und ich werde diese Sache zu Ende bringen.
»Ich mache mir nur Sorgen.« Er schließt mich in die Arme, als ich aufstehe. Einen Moment lang erlaube ich mir, den Kopf an seine Brust zu legen. Seinem Herzschlag zu lauschen. Das Gefühl möchte ich konservieren. Diese Sicherheit, dass er da ist. Dass er niemals verschwinden wird.
»Wir haben einen Plan«, flüstere ich.
»Ich weiß.« Es fällt ihm schwer, das spüre ich. Aber schließlich lässt er mich los. »Ruf an, wenn du dort fertig bist. Ich kümmere mich um alles andere.«
Ich nehme die Umhängetasche und schaue eher reflexartig aufs Handy und nicht, weil ich dort ernsthaft eine Nachricht erwarte.
Nicholas hat geschrieben.
Die Vernissage lief hervorragend! Bis auf drei sind all deine Bilder verkauft. Willst du einen Scheck? ;-)
An die Vernissage habe ich überhaupt nicht mehr gedacht. Nicholas hatte wie besprochen meine Bilder und Monas Statuen abgeholt. Vermutlich waren all ihre Arbeiten zu horrenden Preisen weggegangen. Tote Künstler verkaufen sich besser als lebende.
»Ich muss los.«
Ein letzter, flüchtiger Kuss. Dann bin ich unterwegs.
Im Auto wähle ich zuerst Nicholas' Telefonnummer.
»Da ist mein größtes Talent!«, begrüßt er mich euphorisch.
Ich lächle müde. Wäre schön, wenn es so einfach sein könnte. Wenn ich meinen Lebensunterhalt in Zukunft als Künstlerin

verdienen könnte ...
»Du hast gefragt, ob ich einen Scheck will.«
»Ja. Willst du?«
»Bargeld ist mir lieber.«
Das bringt ihn für einen Moment zum Schweigen. »Oh, okay. Aber so viel habe ich nicht hier. Ich kann morgen zur Bank gehen.«
»Gut. Schaffst du das gleich morgen früh? Dann komme ich um elf in die Galerie.«
»Das kriege ich hin.«
Ich beende das Gespräch und konzentriere mich wieder voll auf die Straße. Dabei gehe ich in Gedanken immer wieder die Liste der Dinge durch, die ich noch erledigen muss.

Erstens: Das Programm vom FBI auf dem Computer meines Vaters installieren und die Daten runterziehen.

Zweitens: Mich von meinem Vater verabschieden. Für immer.

Drittens: Das Geld von Nicholas holen. Das wird uns in der ersten Zeit helfen. Ich habe bereits größere Mengen Bargeld von meinem Konto abgehoben, aber jeder weitere Dollar schenkt mir etwas mehr Sicherheit.

Viertens: Mich von Victor verabschieden. Auch dies ein Abschied für immer ...

Fünftens: Gemeinsam mit Jax verschwinden.

Klingt doch ganz einfach, oder?

Und nein, von Juno und Dean kann ich mich nicht verabschieden. Diese Brücke habe ich bereits gestern Nacht hinter mir abgebrochen, als ich die Hochzeit kurz nach Mitternacht verließ.

Sie hat sich für Dean entschieden.

Und ich entscheide mich gegen ihn. Gegen das Tevez-Kartell, gegen die Familie.

Für meine Liebe zu Jax.

Wir haben unterschiedliche Beweggründe für das, was wir tun, aber letzten Endes geht es nur darum – dass wir glücklich sein wollen. Wir wollen lieben dürfen, wen das Schicksal für uns ausgewählt hat.

Charlotte ist überrascht, mich zu sehen. »Lea.« Sie umarmt

mich zur Begrüßung. Heute trägt sie wieder ein luftiges Kleid mit Blümchendruck, und die Haare sehen etwas derangiert aus. Aber auf eine gepflegte Art. Es gibt diese Frauen, die immer so aussehen, als hätten sie sich gerade umgezogen, bevor sie Besuch empfangen.

So eine Frau werde ich nie sein.

»Ich wollte Dad besuchen. Das Dinner ist gestern ausgefallen, da dachte ich ...«

»Das ist lieb von dir! Bleibst du zum Mittagessen?«

»Sehr gerne.«

»Ich gebe in der Küche Bescheid, dass wir zu dritt sind. Er sitzt auf der Terrasse.«

Ich folge ihr ins Innere des Hauses. Früher – und das ist noch gar nicht so lange her – habe ich hier auch gewohnt. Das düstere Dekor und die Marmorfliesen fand ich schon damals scheußlich.

Mein Vater sitzt im Schatten eines gelben Sonnenschirms auf der Terrasse und hat ein Glas mit Eistee auf der Lehne des Teakholzliegestuhls abgestellt.

»Hi Dad. Ich dachte, ich schau mal nach dir.« Ich gebe ihm einen Kuss auf die schütteren, grauen Haare. Er blinzelt, doch dann strahlt er mich an.

»Gabriele!«

»Nein, Dad. Ich bin nicht Gabriele. Ich bin deine Tochter Lea.«

»Ach so.«

Er lässt die Eiswürfel in seinem Glas kreisen. »Du siehst ihr sehr ähnlich, meiner Gabriele.«

»Das liegt daran, dass ich ihre Tochter bin. Ich bin deine Tochter und die von Gabriele.« Ich drücke seine freie Hand. Dann ziehe ich einen Stuhl heran und setze mich zu ihm in den Schatten. Er starrt geradeaus. Vielleicht hat er schon vergessen, dass ich da bin.

»Möchtest du was trinken, Lea?«, ruft Charlotte von der Terrassentür. Ich nicke ihr dankbar zu und sie verschwindet wieder.

»Geht es dir gut, Dad? Hat dir die Hochzeit gefallen?«

»Ja, Gabby-Schatz. Wenn sie nur dir gefallen hat.« Etwas

Wehmütiges liegt in seiner Stimme.
Ich seufze. Es wird schlimmer. Er gleitet immer weiter ab, die Vergangenheit hält ihn immer fester umklammert. Und es gibt nichts, das man dagegen tun kann.
Charlotte kommt mit einem Tablett, auf dem drei Gläser Eistee stehen. Sie tauscht das fast leere meines Vaters gegen ein frisches. Dann gesellt sie sich zu uns.
Ich nehme einen Schluck und keuche. »Himmel«, sage ich.
»Ja«, sagt sie nur. »Ich weiß.«
»Musst du ihn denn betrunken machen?«
»Er will nichts anderes.« Sie zuckt mit den Schultern. »Und wehe, man will mal weniger Wodka im Eistee haben. Dann wird er fuchsteufelswild.«
Das Fröhliche, Unbeschwerte, das ich gerade noch an ihr bewundert habe, ist von Charlotte abgefallen. Sie nippt an ihrem Eistee. Mein Vater schweigt. Nur manchmal tritt sein linker Fuß nach vorne aus, als wollte er einen unsichtbaren Köter verjagen.
»Keine Sorge, er bekommt nichts mit. Wir können über ihn reden, auch wenn er danebensitzt.«
»Das will ich nicht.«
»Ich weiß. Ich will es auch nicht.«
Ich nicke zum Wohnzimmer. Wir stehen auf und ziehen uns dorthin zurück.
Charlotte lässt sich auf das cremefarbene Ledersofa fallen. Obwohl es angenehm warm ist, zieht sie eine Felldecke heran und legt sie über ihre Beine.
»Wie bist du hier gelandet, Charlotte?«, frage ich.
Sie zuckt mit den Schultern. »Ich war ganz unten. Dein Bruder hat mich aufgesammelt. Er hat mir den Entzug bezahlt und dann diesen Job verschafft. Solange ich clean bleibe, hab ich hier ein Zuhause.«
»Oder bis mein Vater stirbt«, füge ich bitter hinzu.
»Oder das. Aber bis dahin versuche ich, ihm ein schönes Leben zu ermöglichen.«
»Gehst du mit ihm zum Arzt?«
Charlotte schüttelt bedauernd den Kopf. »Dein Bruder will das nicht.«

Hätte ich mir denken können. Damit bloß niemand erfährt, dass der alte Tevez verrückt geworden ist.
»Er nennt mich Gabby oder Chrissa, je nach Tagesform und in welche Zeit er zurückgefallen ist. Die Tage, an denen ich für ihn Gabby bin, sind gute Tage. Wenn er in mir Chrissa sieht, geht es ihm sehr schlecht.«
»Sie war seine letzte Freundin.«
»Ich weiß.« Charlotte zieht die Decke weiter hoch. »Was mit ihr passiert ist ...«
»Ja«, sage ich hastig in dem Versuch, dieses Gespräch abzukürzen.
»Gabby!«, ruft mein Vater von der Terrasse. »Mehr Eistee!«
Sie zuckt entschuldigend mit den Schultern und schält sich unter der Decke hervor.
»Hast du was dagegen, wenn ich kurz ins Büro meines Vaters gehe? Ich suche was.«
»Klar. Was denn?«
Charlotte ist schon fast auf dem Weg in die Küche. Jetzt bleibt sie stehen und sieht mich fragend an.
»Ach, nichts Besonderes. Es ist nur ...«
Ich beiße mir auf die Unterlippe. Verflixt, ich hätte erst nachdenken sollen, bevor ich den Mund aufmache.
»Wenn du die Fotoalben suchst, sie liegen in einem Karton oben im Schrank. Ich musste sie wegräumen, weil er ständig einzelne Fotos zerrissen hat.«
»Ja, danke. Die Fotoalben.«
Sie mustert mich noch einen Moment, als wollte sie mehr sagen. Doch mein Vater poltert draußen wieder los, und sie eilt in die Küche.
Wenn dieses Leben für sie der Himmel ist, will ich nicht wissen, durch was für eine Hölle sie gegangen ist.
Dean hat sie gerettet. Dieser Gedanke ist für mich schwer vorstellbar.
Ich gehe in Dads Arbeitszimmer. Der riesige Schreibtisch war früher mein Versteck. Stundenlang hockte ich darunter und spielte mit meinen Barbies Geschäftsessen oder Besprechung – all die Dinge also, die den Arbeitsalltag meines Dads

bestimmten. Ich hätte lieber Drogenkrieg oder Mord spielen sollen ...

Um den Schein zu wahren, hole ich den Karton mit den Fotoalben vom Schrank. Es sind alte Bücher mit gräulich angeschmutzten Plastikumschlägen. Die Bilder sind sorgfältig eingeklebt und beschriftet.

Ich schlage eines der Alben auf. Das erste Bild zeigt meine Mom mit meinen Brüdern Vic und Dean auf einer Hollywoodschaukel. Die Hände hat sie auf ihrem gerundeten Bauch gefaltet, denn sie war damals mit mir schwanger. Darunter steht »Urlaub in Miami – unsere kleine Familie«.

Ich möchte kotzen.

Bei der weiteren Durchsicht fällt mir auf, wie viele der Fotos zerrissen sind. Manche in der Mitte, andere nur an der Seite ein Schnipsel. Ich sehe mir die Schnipsel genauer an: es ist ausnahmslos Dean, den mein Dad zu tilgen versucht, denn er fehlt auf diesen Fotos ...

Das muss ich erstmal verdauen.

Außerdem habe ich einen anderen Auftrag.

Ich lege das Album auf den Schreibtisch, ziehe Dads Notebook heran und schalte es ein. Das Passwort kenne ich, denn es hat sich in all den Jahren nie geändert, und ich tippe »vicdeanlea« in das Feld ein. Die Benutzeroberfläche erscheint, und ich ziehe den USB-Stick aus der Hosentasche und stecke ihn an.

Zuko hat mir ganz genau erklärt, was ich machen muss. Auf dem USB-Stick ist eine Software, die in den Labors des FBI entwickelt wurde. Indem ich den Stick mit Dads Notebook verbinde, startet das Programm und überspielt alle Daten dorthin.

Es klingt total einfach.

Ich klicke den USB-Stick an und führe das Programm aus. Der Prozessor beginnt zu surren, ich klicke mich durch das Installationsprogramm. Dann lehne ich mich zurück und warte.

Irgendwo höre ich meinen Vater brüllen und Charlottes Zwitschern als Antwort.

Ich ziehe ein anderes Album aus dem Karton. Hier bin ich schon acht oder neun Jahre alt, es gibt mehr von diesen heile-Welt-Fotos mit meiner Mom und ihren drei Kindern. Wir sitzen unter einem imposanten Plastikweihnachtsbaum mit Sprühschnee und goldenen Glitzerkugeln. Wir fahren in Aspen Ski. Wir sitzen in einer Berghütte um einen rustikalen Tisch und essen alle aus einer Pfanne.

Die Bilder ähneln sich, und man kann schon auf diesen Fotos sehen, wie wir Kinder als Erwachsene sein werden. Vic ist der Älteste, immer gelassen und mit einem Lächeln auf den Lippen wie meine Mom. Dean ist der Kasper. Es gibt kein Foto, auf dem er nicht irgendwelche Faxen macht. Ich bin das Nesthäkchen, das immer ganz nah bei der Mutter sein will, mit Rattenschwänzen und einem schüchternen Blick.

Ich lächle. So fühlt es sich auch an, wenn ich zurückschaue. Ich hatte eine schöne Kindheit, bis ...

Auf der nächsten Seite sehe ich, wo meine Kindheit endete.

Das Foto gleicht den anderen. Wieder ein Tableau der glücklichen Familie, wieder ein Urlaub. Meine Mom und ich stehen mit Tennisschlägern auf einem Ascheplatz am Netz. Wir tragen weiße Tennisröckchen und Poloshirts, und meine Socken rutschen.

Darunter hat meine Mom in schwungvoller Handschrift vermerkt: »Wir sind uns so ähnlich!«

Das stimmt.

Doch ihr Blick ist nicht mehr der einer stolzen, glücklichen Mutter, sondern gehetzt. Wie ein wildes Tier, das gejagt wird. Ich schaue genauer hin. Das muss unser letzter Sommerurlaub vor dem Tod meiner Mom gewesen sein. In meiner Erinnerung war er so schön wie jeder andere zuvor.

Aber etwas ist mit meiner Mom geschehen.

Nur was?

Ich löse das Foto vorsichtig aus dem Album und knicke es. Mein Dad wird nicht merken, dass es fehlt.

Was ist mit dir geschehen, Mom?

Das Programm ist inzwischen fertig. Ich entferne den USB-Stick und fahre das Notebook wieder runter. Angeblich war's das. Mehr brauchte ich nicht zu tun.

Ich stelle den Karton wieder in den Schrank und ziehe die Tür zum Arbeitszimmer hinter mir zu.

Charlotte taucht am Ende des Flurs auf. Hastig schiebe ich

das Foto in die Gesäßtasche der Jeans.
»Kommst du?«, fragt sie.
»Ja klar.«
»Hast du gefunden, wonach du gesucht hast?«
Seite an Seite gehen wir ins Speisezimmer.
Wie man's nimmt. Vielleicht habe ich auch mehr gefunden, als ich je gesucht habe ...

Beim Mittagessen ist mein Dad aufgeräumter Stimmung, und er scherzt mit uns. Ich genieße seine kleinen Neckereien, denn auch sie sind eine Erinnerung an die Kindheit.
Danach nehme ich Abschied.
»Wann kommst du wieder?«, fragt er. Wir stehen im Eingangsbereich, und ich krame in meiner Handtasche. Irgendwie hoffe ich, dass mir jetzt nicht die Tränen kommen.

Aus dem einstigen Drogenboss ist ein alter, gebrechlicher Mann geworden, der sich das Leben mit einer hübschen Frau an seiner Seite und einem halben Dutzend Eistees mit Wodka versüßt.
»Bald«, verspreche ich ihm.
Nie wieder.
»Das ist gut. Meine Gabby und ich, wir freuen uns schon.« Er gibt Charlotte einen spielerischen Klaps, und sie quiekt entrüstet. Mein Dad grinst und zieht sie an sich. Sie küssen sich, aber es ist ein ganz braver Kuss auf den Mund.

Ich muss wegsehen. Das Glück, das er in seinem eigenen Kosmos gefunden hat, ist vielleicht die einzige Chance für ihn, noch ein paar schöne Tage zu verleben, bevor über ihn das Chaos hereinbricht.

Ich glaube nicht, dass man ihn verschonen wird. Mit dem heutigen Tag habe ich nicht nur meinen Bruder ans Messer geliefert, sondern auch meinen Vater.
Charlotte. Juno.

Wir alle sind von den Männern abhängig, mit denen wir zusammenleben. Aber ich will das nicht länger. Ich nehme mein Glück selbst in die Hand.
Und stürze euch damit ins Unglück.
Ich umarme meinen Dad. Ein letztes Mal atme ich den sau-

beren Geruch seines Rasierwassers ein. Drücke meine Wange gegen seine Bartstoppeln. Lasse mich von seinen starken Armen umfassen.

»Du tust das Richtige«, murmelt er.

Ich pralle zurück und starre ihn an. Seine Augen sind grau, inzwischen ist die Farbe fast ausgewaschen. Alles an ihm verblasst zunehmend.

»Dad ...«

Er nickt. Dann tritt er zurück und nimmt Charlottes Hand. Sein Blick ruht auf mir, als versuchte er, sich mein Gesicht einzuprägen.

Habe ich das gerade wirklich erlebt? Hat er mir für das, was ich tue, die väterliche Absolution erteilt?

Vielleicht will ich das auch nur glauben. Weil es dann leichter wird, die Familie zu verraten.

Von meinem Dad fahre ich direkt weiter zu Vic. Auch von ihm will ich mich verabschieden. Nein, ich *muss*.

Vic war immer der große Bruder, zu dem ich aufgeschaut habe. Den ich bewunderte und der seine kleine Schwester, die Nervensäge, immer mit Nachsicht und Liebe behandelte. Von ihm bekam ich alles, was ich wollte.

»Das ist aber schön, dass Sie vorbeischauen«, begrüßt mich seine Pflegerin. Sie ist neu; auf ihrem Namensschild steht Juana.

»Wie geht es meinem Bruder?«

»Er schläft in letzter Zeit nicht besonders gut.«

Das überrascht mich nicht.

»Er sitzt auf der Veranda. Ich bringe Ihnen ein paar Erfrischungen.«

Ich umrunde das Haus und betrete die Veranda. Vics Ruhesessel ist so gedreht, dass er auf die Pferdekoppel blicken kann, auf der einige Mutterstuten mit ihren Fohlen stehen. Die Fohlen toben um ihre Mütter herum und machen wilde Bocksprünge. Eines ist besonders neugierig – es kommt an den Zaun, starrt zu uns herüber und saust mit einem Satz davon.

»Hast du das gesehen?« Ich setze mich zu Vic und nehme seine Hand. »So ein hübscher, kleiner Hengst mit der Blesse und den weißen Strümpfen. Das wird mal ein Großer.«

Als ich anfing, Vic zu besuchen, fiel es mir schwer, mit ihm zu reden, weil von ihm keine Antwort zu erwarten war. Weil auch nie eine Reaktion kam – es sei denn, man hielt das unwillkürliche Zucken seiner Augen für den Versuch, mit seinem Gegenüber in Kontakt zu treten. Ich gewöhnte mir irgendwann an, diese Bewegungen als Antworten auf mein Geplapper zu nehmen, und seitdem kommen wir gut miteinander aus. Manchmal glaube ich, wir führen tatsächlich richtige Gespräche. Nur eben mit meiner Stimme und ohne seine.

»Schade, dass du nicht bei der Hochzeit von Dean und Juno warst. Es war schön.«

Ich ziehe mein Handy heraus und blättere durch die Fotos, bis ich eines finde, das Juno in ihrem Brautkleid zeigt. »Sieh mal, was für eine hübsche Schwägerin du jetzt hast. Früher wäre sie eher deinem Charme erlegen als Deans. Aber sie ist glücklich mit ihm, und das ist wohl die Hauptsache.«

Juana bringt auf einem Tablett Limonade und Küchlein.

»Ich war vorhin bei Dad«, rede ich weiter. »Da habe ich in alten Familienalben gestöbert und das hier gefunden.«

Ich ziehe das Foto aus der Gesäßtasche und streiche es glatt, bevor ich es vor Vics Gesicht halte.

»Weißt du, was da mit Mom passiert ist? Sie ... ist anders als auf den vorherigen Fotos. Als hätte sie ...«

Todesangst.

Ich spreche es nicht aus. Aber wir wissen beide, was ich meine.

Vics Augenlid zuckt. Ich wünsche nicht zum ersten Mal, dass es irgendeine Möglichkeit gibt, zu hören, was er denkt. Verdammt, wir fliegen zum Mond, jeder trägt einen winzigen Hochleistungscomputer mit sich herum, aber die Gedanken eines Menschen können wir noch nicht hörbar machen. Was hat die Wissenschaft eigentlich die letzten hundert Jahre getrieben, wenn sie nicht die wirklich wichtigen Dinge zustande bringt?

»Ich überlege die ganze Zeit, was da vorgefallen ist. Auf den Fotos danach ist es genauso. Als wäre der Fotograf ...«

Ich halte inne.

Der Fotograf.

Alle Fotos in den Alben zeigen ohne Ausnahme meine Mutter mit ihren Kindern. Es gibt keine Fotos von meinem Vater. Er war damals nur der Chronist seiner Familie.
Wenn sie ihn so angsterfüllt anstarrte, hieß das ...
Sie hat irgendwas über Dad herausgefunden. Und das hat ihr eine Wahnsinnsangst eingejagt.
Ein halbes Jahr später war sie tot.
Nein. Das kann nicht sein, das darf nicht ...
War auch meine Mutter ein Opfer dieser Familie? Hat sie sich gegen meinen Dad aufgelehnt, wollte sie mit uns Kindern vielleicht verschwinden?
Damals war Vic sechzehn. Das Alter, in dem auch Dean langsam ans Geschäft herangeführt wurde.
Langsam wird aus den einzelnen Puzzleteilen ein vollständiges Bild.
Stellen wir uns vor: eine glückliche Familie. Vater, Mutter, drei Kinder. Dass Daddy sein Geld mit Drogen verdient, weiß niemand. Aber er hat Pläne – vor allem für den Ältesten. Als dieser sechzehn wird, beginnt seine Ausbildung. Er soll mal das Geschäft übernehmen. Mommy ist davon alles andere als begeistert, denn erst jetzt begreift sie, welcher Art die Geschäfte ihres Mannes sind. Sie will den Ältesten vor diesem Leben bewahren.
Was danach geschieht, kann ich nur raten – aber es schnürt mir die Kehle zu. Mein Dad mag heute nur ein harmloser, alter Mann sein, dem das Geschäft nach Chrissas Tod von Dean entrissen wurde. Aber damals muss er knallhart gewesen sein. Sonst wäre er nicht so weit gekommen.
Hat er Mom gedroht? Hat er sie gewaltsam davon überzeugt, dass Vic ihm gehört und nicht länger ihr?
Und wenn ich schon dabei bin, mich mit diesen Fragen zu quälen, stellt sich vor allem eine:
Trägt er die Schuld an Moms Tod?
Ich bleibe lange bei Vic. Juana kommt irgendwann zu uns. Sie sitzt einfach in einiger Entfernung und blickt hinaus auf die Koppel. Als würde sie auf jemanden warten, der nicht kommt.
Ich verabschiede mich von ihnen, als es langsam dunkel wird. Auf dem Weg zum Parkplatz vibriert mein Handy.

Wo steckst du?
Ich rufe Jax an.
»Ich fahre gerade bei Vic weg«, sage ich.
»Du musst herkommen. Sofort.«
»Was ist passiert?«
»Nicht am Telefon.«
Klick. Er hat einfach aufgelegt. Verwirrt stehe ich da und starre auf mein Handy.
Muss ich Angst haben?
Wann muss ich denn keine Angst haben?!
Die Rückfahrt vergeht quälend langsam, obwohl kaum Verkehr herrscht. Erst als ich in der Tiefgarage parke und den Motor ausschalte, spüre ich, wie sehr ich zittere. Die Anspannung.
Es ist soweit. Die letzte Nacht in meinem Apartment. Nur noch morgen früh zu Nicholas fahren und dann verschwinde ich aus der Stadt.
Aber ich werde nicht allein sein. Das sollte mich trösten ...
Trotzdem taste ich in meiner Handtasche nach der Waffe. Das Gewicht beruhigt mich. Ich hatte zwar nur einmal Schießunterricht bei Julius, aber dieses eine Mal hat mir sehr geholfen. Ich glaube, dass ich jetzt bereit bin. Falls mich jemand angreift, werde ich mich wehren.
Ich steige aus und laufe mit gesenktem Kopf zum Fahrstuhl, der sofort da ist. Oben in meinem Stockwerk laufe ich den Korridor entlang und krame bereits nach meinen Schlüsseln, als ich hinter mir ein Geräusch höre.
Klick.
Die Hand noch in der Tasche, drehe ich mich im Gehen um.
»Hallo Lea.«
Die Tasche gleitet mir aus der Hand und prallt dumpf auf.
»Marcus«, flüstere ich.

10. Kapitel

Er steht breitbeinig etwa zehn Meter entfernt. Der rechte Arm ausgestreckt, in der Hand eine Pistole, die im schwachen Licht silbrig glänzt.
Das Klicken, das ich gehört habe, kenne ich von meiner eigenen Waffe, wenn man sie entsichert.
Der Finger liegt auf dem Abzug. Ich sehe ihm über den Lauf der Waffe in die Augen.
»Hast du gedacht, du entkommst uns?«, fragt er.
Ich kann mich nicht rühren. Nicht mal den Kopf schütteln. Denn nein, ich habe nicht wirklich daran geglaubt, dass ich entkommen kann.
»Geh«, sagt er. »Na los, ich baller ungern mitten im Haus los.«
Ich will mich nach der Tasche bücken. Verdammt, meine Pistole ist da drin! Doch Marcus kommt näher, und ich weiche zurück. Er bückt sich nach der Tasche und hebt sie auf.
»Zu deiner Wohnung.«
Ich gehe rückwärts. Bis zu meiner Wohnungstür sind es noch zwanzig Schritte. Inständig bete ich darum, dass keiner der Nachbarn jetzt aus seinem Apartment kommt. Vermutlich würde Marcus dann einfach abdrücken ...
Ich bleibe vor meiner Wohnungstür stehen.
»Schließ auf«, sagt er.
Ich starre die Tür an.
Jax ist da drin.
Ich kann unmöglich ins Apartment gehen, wenn er dort auf mich wartet.
Marcus steht direkt hinter mir. Er drückt mir die Pistole zwischen die Schulterblätter.
»Mein Schlüssel«, sage ich. »Er ist in der Tasche.«
Er zögert. Dann drückt er mir die Handtasche in die Arme und tritt zwei Schritte zurück. »Mach keine Dummheiten. Wenn du zuckst, bist du tot.«
Das glaube ich ihm sogar.
Meine Finger sind eiskalt und fühlen sich irgendwie klamm

an. Ich finde den Schlüsselbund und berühre die Pistole. Aber ich hätte keine Chance, wenn ich versuche, sie zu ziehen, zu entsichern und auf Marcus zu richten. Vermutlich hätte er mich in der Zeit schon dreimal erschossen.

Der Schlüssel fällt mir runter. Ich lausche, aber im Apartment ist alles still. Verdammt, Jax. Wenn ich jemals deine Hilfe gebraucht habe, dann jetzt.

Als ich aufschließe, liegt die Wohnung dunkel vor mir. Draußen strahlen die Lichter der Stadt, aber hier drin ist es finster, als wäre niemand zu Hause.

Wo bist du, Jax?

Ich strecke die Hand nach dem Lichtschalter aus.

Marcus schiebt mich ins Wohnzimmer und gibt mir einen Stoß, der mich quer durch den Raum fliegen lässt. Ich schreie auf, und die Tasche schlittert in die andere Richtung davon. Sofort ist er über mir und knallt mir den Lauf seiner Pistole gegen die Schläfe.

»Halt's Maul!«

Die Tür fällt ins Schloss.

Ich sacke benommen zu Boden und schmecke Blut. Bei dem heftigen Schlag habe ich mir auf die Zunge gebissen.

Marcus schaut sich um. »Hübsch hast du's hier.«

Ich richte mich mühsam auf. Mir tut alles weh.

»Warum bringst du es nicht einfach zu Ende?«, flüstere ich.

»Darum bist du doch hier, oder?«

Er lacht.

Ich krieche zum Sofa und ziehe mich daran hoch. Auf dem Couchtisch steht eine Taschentuchbox, und ich ziehe zwei heraus und drücke sie auf meinen Mund. Es blutet wie Sau.

Das also ist mein Ende. Ich werde wie Mona hingerichtet.

»Wieso bist du letzten Sonntag nicht da gewesen? Im Atelier? Das hätte euch eine Menge Ärger erspart.«

Marcus setzt sich in den Sessel. Er legt die Pistole auf seinen Oberschenkel und mustert mich abschätzig.

»Tja. Alles Stümper. Falls es dich beruhigt: der wird keinen Schaden mehr anrichten.«

Ich kann nicht behaupten, dass ich es beruhigend finde, wenn ein Auftragsmörder sein Leben lassen muss, nur weil er

die Falsche ermordet. Aber irgendwie ist es auch ausgleichende Gerechtigkeit, oder?
Ich will nicht sterben. Lieber will ich für den Rest meines Lebens die Geisel meiner Familie sein und meinen Bruder decken, als jetzt für immer von dieser Welt zu verschwinden.
Aber wie soll ich um mein Leben kämpfen? Glaube ich denn wirklich, dass Marcus mich verschont?
»Und das alles nur, damit Jax bei euch bleibt?«
Er neigt den Kopf und mustert mich neugierig. »Gar nicht so dumm von dir. Er weiß leider zu viel.«
»Aber er ist wertvoll. Er kann euch nützlich sein. Wenn ich tot bin ...«
»Für ihn wirst du nicht sterben«, unterbricht Marcus mich. »Du wirst einfach verschwinden.«
Ich schlucke. Letztlich läuft das für mich aufs Selbe hinaus, oder? Ich werde irgendwo außerhalb der Stadt auf einer wilden Müllkippe verscharrt. Vielleicht findet man irgendwann meine Leiche, in zehn oder fünfzehn Jahren, und man wird denken, ich sei nur eine weitere namenlose Nutte, die jemand hier entsorgt hat, nachdem er sie nicht mehr brauchte.
»Er wird denken, dass du ihn im Stich gelassen hast«, erzählt Marcus gutgelaunt. »Du hast dein ganzes Geld abgehoben, eine Tasche gepackt und bist in dein Auto gestiegen. Gehst nicht mehr ans Handy, bist fort ...« Er lässt die flache Hand durch die Luft gleiten. »Einfach so. Es wird einen Abschiedsbrief geben. Herzzerreißendes Geschmalze, dass du genug hast von den ganzen Verbrechern dieser Welt. Dass du neu anfangen willst, ohne Schuldbewusstsein, ohne Altlasten. Dass du ihn liebst, es so aber besser für euch beide ist.«
»Und du denkst, dass er davon auch nur ein Wort glauben wird?«, höhne ich.
»Ja. Weil du es gut machst. Oder willst du, dass ich ihn auch töte?«
»Das lässt er nicht zu.«
Marcus sieht mich mitleidig an. »Du hast keine Ahnung, was aus ihm geworden ist. Früher war er stark. Früher hat er uns alle in die Tasche gesteckt. Er hat alles getan, was nötig war. Und dann hat er dich kennengelernt. Er war ein anderer

Mensch. Wie ausgewechselt! Als hättest du ihm die Birne weichgemacht mit deiner Anwesenheit und dem Sex. Widerlich.« Er spuckt aus.
Offenbar hat Marcus an alles gedacht.
Hätte er mir mit Juno gedroht, hätte ich ihn nur ausgelacht. Denn das wäre sein Todesurteil gewesen. Dean würde nicht zulassen, dass ein anderer als er selbst ihr auch nur ein Haar krümmt.
Aber Jax?
Ich bin nicht sicher, ob Jax tatsächlich gegen die geballte Kraft von Black Swan überleben kann. Sicher, eine Weile würde es ihm gelingen, aber irgendwann, in einem unaufmerksamen Moment ...
Wieder frage ich mich, warum er nicht hier ist.
»Also?«
Marcus lässt mir Zeit. Er wartet, während ich fieberhaft überlege. Er kann sich entspannen, denn er *weiß*, dass es für mich keinen anderen Ausweg gibt. Er hat mich in der Hand. Wenn es ihm gefällt, bin ich seiner Gnade hoffnungslos ausgeliefert.
Und wenn ich genau das tue? Mich ihm ausliefere, wenn er dafür Jax und mich leben lässt?
Als hättest du ihm die Birne weichgemacht mit dem Sex.
War das vielleicht meine Chance?
Ich stehe vorsichtig auf. Mein Kopf dröhnt, die Schläfe pocht. Ich bin etwas unsicher auf den Beinen, gehe aber zwei Schritte auf ihn zu und bleibe stehen. Er beobachtet mich belustigt wie man eine Laborratte beobachtet, die man unter Drogen gesetzt hat.
»Willst du mich?«, frage ich.
Er reißt verblüfft die Augen auf.
»Wie meinst du das?«
»Ich frage dich, ob du mich willst. So wie Jax mich besessen hat. Mit allem. Willst du mich ficken, ist es das? Bist du neidisch auf ihn?«
Hinter seiner Stirn arbeitet es. Seine Finger spielen mit der Pistole.
»Wenn du mich willst, kriegst du mich. Aber ich will am

Leben bleiben.«
»Wie stellst du dir das vor?«
Ich plappere einfach drauf los. Ich habe mir gar nichts vorgestellt, aber die Tatsache, dass er sich mein Angebot anhört, heißt doch, dass es eine reelle Chance gibt, oder?
»Ich verschwinde. Für Jax und die ganze Welt. Aber ich bin bei dir. Du kannst mich haben, wann immer du willst. Ich bin deine ... Sexsklavin, dein Lustobjekt, egal. Alles, was du haben willst, bekommst du von mir. Fick mich in den Arsch, wenn es dir gefällt. Benutze mich. Fessle mich. Schlag mich. Tu alles mit mir, was du dir immer schon vorgestellt hast. Aber lass mich leben.«
Seine Zunge fährt über die Lippen. Ich starre ihn unverwandt an, obwohl ich zittere wie verrückt. Wenn ich jetzt auch nur den Blick senke, wenn ich zurückweiche oder ihm irgendwie zu verstehen gebe, dass ich ganz genau weiß, dass nichts von dem, was ich ihm gerade verspreche, auch nur im Entferntesten für mich in Frage kommt ...
Nicht darüber nachdenken. Stell dir nicht vor, wie er dich berührt. Wie seine Hände dich streicheln. Oder wie er dich grob anfasst. Dir die Klamotten vom Leib reißt ...
Mir wird schlecht, denn natürlich muss ich darüber nachdenken. Natürlich lässt sich so ein Gedanke nicht zurückdrängen.
»Du gehörst mir«, wiederholt er nachdenklich. Seine Hand spielt mit der Waffe, und das macht mich gerade nervöser als die Tatsache, dass ich mich ihm ausliefern könnte. Weiß ich denn, wie nervös sein Zeigefinger ist?
Ich muss ihn irgendwie ablenken. Wenn er abdrückt, bin ich tot.
Zitternd stehe ich auf und ziehe mir das T-Shirt über den Kopf.
»Siehst du?«, sage ich leise.
Darunter trage ich einen roten Spitzen-BH. Ich sehe die Gier in seinen Augen aufblitzen. Ihm gefällt, was er sieht, und ich hole tief Luft. Meine Finger fummeln ungeschickt an den Knöpfen der Jeans herum. Schließlich schaffe ich es, sie langsam zu öffnen, einen Knopf nach dem anderen. Dabei lasse ich

Marcus nicht aus den Augen.

Er soll das alles bekommen. Nein, er soll *glauben*, dass ihm das zusteht, dass er es sich holen kann. Ich brauche nur einen unbemerkten Moment. Zwei Sekunden, vielleicht fünf, um nach meiner Tasche zu greifen, die drei Meter weit entfernt liegt. Verstohlen schaue ich rüber. Sie steht ein Stück weit offen und ich glaube, den Griff meiner Pistole zu sehen.

Ich weiß, dass ich das kann. Und wenn es mir das Leben rettet, kann ich Marcus etwas vorspielen, das ich nicht bin.

Ich schiebe die Jeans nach unten, kicke die Sandaletten weg und ziehe mich ganz aus. Nur in Höschen und BH stehe ich jetzt vor dem Sofa. Beim Ausziehen habe ich mich einen Schritt nach links bewegt, näher zu der Tasche.

Marcus hat davon nichts bemerkt, und ich erlaube mir, aufzuatmen. Gut.

Sein Blick klebt an meinem Körper. Er geifert förmlich nach mir. »Mach weiter.« Seine Stimme klingt heiser.

Ich werfe den Kopf in den Nacken und lache. »Gefällt dir das?«, frage ich rau. »Willst du mich?«

Er nickt.

»Sag es«, fordere ich ihn leise auf.

»Verdammt, Lea. Ich will dich, du ...«

»Ja?«

Als er nicht weiterspricht, schiebe ich die Träger vom BH nach unten. Dann greife ich nach hinten und löse den Verschluss. Einen Arm lege ich beschützend über meine Brüste, als ich den BH fallen lasse.

Er steht langsam auf. »Zeig sie mir«, fordert er mich auf.

Ich lasse den Arm sinken.

»Du bist schön«, stellt er fest. Langsam kommt er auf mich zu. Ich kann nur an die Pistole in seiner Rechten denken. Als er direkt vor mir steht, wird mir schwindelig, und ich stolpere. Wieder ein halber Schritt weiter links, wieder ein Stück näher bei meiner Handtasche.

»Ist dir dein Leben so wichtig?«

Er hebt die linke Hand und streicht mir die Haare aus dem Gesicht. Wühlt sich in meine dunklen Locken, zerrt mir den Kopf nach hinten, dass ich fürchte, keine Luft mehr zu bekommen. Sein Gesicht nähert sich mir, und ich spüre seinen Atem auf der Haut. Dann leckt er mir den Hals, ganz langsam von unten nach oben bis zum Kinn.

Ich wage nicht zu atmen, ich könnte auch gar nicht atmen, weil dieses Gefühl übermächtig ist, am Ekel zu ersticken.

»Ich wollte dich schon immer.«

Jetzt macht sich seine linke Hand an mir zu schaffen. Er fährt über meine Schulter, zu den Brüsten. Kneift mich in den Nippel, dass ich vor Schmerz schreien möchte. Ich fange an zu heulen, ganz still. Die Tränen rinnen über meine Wangen, der Schnodder läuft mir aus der Nase. Aber kein Laut kommt über meine Lippen. Ich bin mir nach wie vor der Pistole in seiner Rechten bewusst. Die kann ich nicht vergessen, denn ich weiß, dass er sie nur heben muss, bumm, bin ich nicht mehr und er hat seinen Auftrag ausgeführt.

»Zieh dich ganz aus.«

Er macht einen Schritt nach hinten.

Ganz langsam schiebe ich das Höschen nach unten. Mir ist eiskalt, und das, was als nächstes kommt, fürchte ich mehr als den Tod.

Er wird sich nehmen, was er will. Und danach wird er mich doch erschießen, weil das sein Auftrag ist. Marcus ist ein treuer Soldat Swans, sein designierter Nachfolger. Er wird keinen Auftrag versauen, nur weil eine Frau ihm mehr anbietet als ihren Körper.

Ich biete ihm meine Seele. Ich könnte ihm ...

»Halt.«

Er will gerade einen Schritt auf mich zu machen, als dieses eine Wort ihn davon abhält. Marcus runzelt die Stirn.

»Findest du nicht, das ist der falsche Zeitpunkt, um mit mir das Diskutieren anzufangen?«, fragt er.

Ich schüttle heftig den Kopf. »Ich gebe dir mehr.«

Er grinst. »Ich nehme mir schon alles, was ich will.«

»Nein. Ich gebe dir das Tevez-Kartell. Meinen Bruder. Du kriegst alles. L.A., unsere Lieferketten, unsere Mitarbeiter – das gehört dir, wenn du mich am Leben lässt.«

Ich muss ihn davon abhalten, dass er sich jetzt einfach nimmt, was er will und mich danach hinrichtet. Irgendwas muss ich ihm geben, damit ich wenigstens so lange überlebe, um Jax zu warnen. Oder um an dieser verflixte Pistole in meiner Handtasche zu gelangen! Erst die Pistole. Wenn ich die bekomme, habe ich eine reelle Chance.

»Wie willst du das machen?«

Er denkt also tatsächlich über dieses absurde Angebot nach. Gut. Ich atme tief durch. Dass ich nackt vor ihm stehe, muss ich ausblenden, sonst breche ich zusammen.

»Ich weiß, wie du an die Daten herankommst. Die Übernahme musst du selbst hinbekommen, aber wenn du meinen Bruder hast, gehört dir das Kartell. Mein Vater wird kaum Widerstand leisten, und Vic, mein älterer Bruder ...« Ich zucke mit den Schultern. »Tja, das weißt du ja sicher.«

»Hm.« Er beginnt wieder, mich zu streicheln. Brüste, Bauch, Schultern. Dann gleitet seine Hand hinab zu meiner Scham, streichelt den nacktrasierten Venushügel, verharrt an der Klit. »Ich bekomme also alles? Dich und das Kartell?«

»Wenn du mich ... an deiner Seite hast, ist das wie die Legitimierung, oder nicht?«

Er schiebt mir einen Finger in die Muschi, und ich möchte mir am liebsten seine Pistole an die Schläfe halten und selber abdrücken, so sehr ekle ich mich vor ihm. Aber ich halte still und atme ganz ruhig. Alles andere wäre der Wahnsinn, das weiß ich.

Seine Rechte hebt die Pistole und drückt sie gegen mein Kinn. »Ich bekomme das Tevez-Kartell. L.A. Dich. Fast zu schön, um wahr zu sein.«

»Dein Onkel wäre stolz auf dich. So viel hat Jax ihm nie gegeben.«

»Dein Plan hat nur einen Schönheitsfehler.« Der Lauf der Pistole wandert langsam nach unten, berührt einen Nippel. Ich habe das Gefühl, dass mir das Herz gleich aus der Brust springt. »Wenn ich meinen Auftrag nicht ausführe, bekomme ich Ärger.«

»Aber ich bin dann nicht länger an Jax' Seite. Und du bist dann für Black Swan so viel wertvoller als er.«

Ich schlucke. Was ich damit andeute, tut mir weh, obwohl

es nur Taktieren ist, obwohl ich ja nur versuche, irgendwie meine Haut zu retten.

Wenn er für Black Swan keinen Wert mehr hat, könnt ihr ihn auch einfach aus dem Weg räumen.

Und ich will, dass Marcus mir glaubt. Dass er denkt, Jax sei für mich nicht wichtig, dass mein eigenes Leben mir lieber ist als seins.

Ist das so?

Ich würde für Jax sterben. Wenn es hier um ihn oder mich geht, würde ich Marcus sogar helfen, abzudrücken.

Er stößt mit zwei Fingern tief in mich hinein und grunzt unzufrieden. Dann beginnt er, die Finger zu bewegen. Seine Berührung erreicht mich nicht. Es ist, als hätte ich meinen Körper verlassen, um mich vor dieser Schändung zu retten.

»Lass es uns tun«, flüstere ich ihm zu. Ich halte das alles nicht mehr lange aus – die Waffe an meinem Kopf, seine Hand an meiner Scham. Nackt vor ihm zu stehen, während er sich an mir reibt und aufgeilt. Das ist widerlich.

Inzwischen weiß ich, dass ich es kann. Wenn ich meine Pistole aus der Handtasche in die Finger bekomme, bringe ich ihn um.

Ich habe keine Zweifel mehr, dass es in dieser Situation das einzig Richtige ist.

»Leg dich hin.« Jetzt wird er hektisch. Die Geilheit springt ihm förmlich aus den Augen. Er legt die Pistole auf den Couchtisch, doch etwas an meinem Blick macht ihn misstrauisch. Darum nimmt er sie und bringt sie zur Küchentheke. Außer Reichweite.

Damit ist sie leider auch für ihn außer Reichweite.

Ich warte die zwei Sekunden, die er sich von der Theke entfernt und die ich brauche. Dann tauche ich blitzschnell unter dem Sofa ab. Meine Hand fährt in die Handtasche, und während ich den Griff der Pistole umschließe, tastet der Daumen bereits nach dem Sicherheitshahn und spannt ihn.

Ich ziehe die Pistole heraus und richte mich auf.

Marcus starrt ungläubig auf die Waffe in meiner Hand. Ich gebe zu, es muss ein absurder Anblick sein – eine nackte Frau bedroht ihn mit einer silbernen Pistole.

Doch er hat sich schnell wieder gefasst.»Ist die neu? In New York hattest du die noch nicht.«

Meine Hand bebt. Ich lege die Linke darum, drücke den Abzug leicht durch und ziele, wie Julius es mir beigebracht hat.

»Du kannst doch gar nicht mit so einer großen Wumme umgehen.« Er hebt leicht die Hände und macht einen Schritt zurück. Hin zu der Theke mit seiner Pistole.

Ich drücke ab.

Der Rückstoß überrascht mich, der Knall ist ohne Ohrenschutz betäubend laut. Ich stolpere nach hinten, doch sofort habe ich mich gefangen. Julius' Worte sind in meinem Kopf, als würde er direkt hinter mir stehen.

Wenn du das erste Mal schießt, sei dir nicht zu sicher, den Gegner außer Gefecht gesetzt zu haben. Du musst sofort nachsetzen. Richte die Waffe noch mal auf ihn. Du musst ihn zweimal treffen, besser dreimal.

Aber in diesem Fall hat der erste Schuss schon genügt, das sehe ich sofort.

Der rote Fleck, der auf Marcus' Hemd erblüht, sitzt mittig auf Brusthöhe. Ich richte die Waffe trotzdem noch einmal auf ihn und drücke ab. Der zweite Treffer geht etwas tiefer in den Bauch.

Noch ein Schuss. Diesmal treffe ich seine linke Schulter. Dieser Treffer holt ihn von den Beinen. Er wird herumgerissen und stürzt zu Boden.

Ich halte die Waffe auf ihn gerichtet und nähere mich ihm langsam.

Ich habe ihn umgebracht.

Der Gedanke ist in meinem Kopf, ein einziges Hämmern und Kreischen. Ich sinke auf die Knie und versuche, das soeben Geschehene zu verarbeiten. Doch es gelingt nicht. Da ist nur Leere und Schmerz.

Die Erleichterung setzt erst Minuten später ein. Die ganze Zeit hocke ich vor Marcus auf dem Boden. Ich lege den Kopf schief und sehe ihm in die offenen Augen. Sein Blick ist gebrochen; da ist nur Leere.

Nur langsam komme ich wieder zu mir.

Ich habe gerade eine Haufen Probleme, merke ich.

Erstens: in meinem Apartment liegt ein Toter.
Zweitens: ich habe ihn erschossen.
Drittens: ich weiß immer noch nicht, wo Jax steckt.
Viertens: das FBI. Mir würden vermutlich noch ein paar mehr Probleme einfallen – zum Beispiel die Nachbarn, die vielleicht schon die Polizei gerufen haben oder dass ich immer noch nackt bin – aber ich will mich jetzt aufs Wesentliche konzentrieren. Marcus ist tot. In meiner Wohnung, von mir erschossen. Mit viel gutem Willen könnte man von Notwehr sprechen, aber das LAPD brauche ich jetzt überhaupt nicht hier.
Ich ziehe mich hastig an. Dann krame ich das Handy aus meiner Tasche und wähle die Nummer von Jax.
Nach dem zweiten Klingeln springt die Mailbox an.
»Verdammt!«
Wer kann mir jetzt noch helfen? Ich brauche jemanden, der mir in dieser Situation hilft. Der sich mit der Beseitigung von Leichen auskennt, das wäre ideal ...
Ich muss lachen. Es ist ein hysterisches Lachen, eins von der wilden, verzweifelten Sorte. Mir fällt wirklich nur eine Person ein, die mir jetzt helfen kann.
Ich wähle seine Nummer.
»Hallo?«
»Dean? Ich bin's, Lea. Ich brauche deine Hilfe.«

Er steht zwanzig Minuten später vor meiner Tür.
»Hat irgendwer im Haus die Polizei gerufen?«, fragt er mich als Erstes, noch bevor er meine Wohnung betritt.
Ich schüttle den Kopf. Meine Nachbarn scheinen entweder alle ausgeflogen zu sein oder die Apartments sind nicht so hellhörig, wie mir Mrs. Sanchez von gegenüber so gerne vorhält.
»Gut. Falls sie doch noch kommt, verschwindest du sofort.«
»Und was ist mit dir?«
Er wirft mir einen Blick zu, den ich nicht deuten kann.
»Mach dir mal keine Sorgen um mich.«
Er folgt mir ins Wohnzimmer und pfeift anerkennend.
»Nicht schlecht für deinen ersten Mord, Schwesterchen.«

»Hör auf«, fauche ich und ziehe die Strickjacke enger um meinen Oberkörper. Das Adrenalin hat inzwischen das Regiment in meinem Körper übernommen und ich zittere wie Espenlaub.
»Aber musste es denn gleich Marcus sein? Raimund Swan macht mir die Hölle heiß, wenn er das erfährt.«
»Er muss es ja nicht erfahren. Wir können die Leiche einfach verschwinden lassen.«
Mein Bruder kniet neben Marcus und tastet nach seinem Puls. Als könnte er nicht glauben, dass ich tatsächlich einen Menschen ermordet habe.
»Okay, ich muss jemanden anrufen.« Er hat das Handy schon in der Hand, doch ich gehe dazwischen.
»Bloß nicht!«, rufe ich.
»Was denkst du denn? Dass ich mir damit die Hände schmutzig mache? Oder soll ich ihn so liegen lassen? Das dauert keine drei Tage und er stinkt bestialisch.«
Ich lasse die Hand sinken.
»Keine Sorge. Ich habe für solche Fälle verlässliche Leute. Du setzt dich jetzt da vorne hin und machst gar nichts. Ich kümmere mich um die Sache.«
Ich gehorche. Was bleibt mir anderes übrig? Immerhin habe ich ihn um Hilfe gebeten. Ich werde ihm wohl oder übel vertrauen müssen, dass er weiß, was er tut.
Dean macht einen Anruf. Dann geht er in die Küche und holt eine Flasche Wein aus dem Schrank, die er fachmännisch entkorkt. Er schenkt den Wein in zwei Gläser und schiebt mir eins zu.
»Trink«, befiehlt er.
Gehorsam nehme ich einen großen Schluck.
Das Zittern lässt langsam nach.
»Was hast du vor?«, frage ich.
»Vertrau mir«, sagt er nur.
Als wäre das so einfach.
Eine Dreiviertelstunde später klopft jemand an die Tür, und Dean geht hin und öffnet. Ich bleibe auf dem Barhocker sitzen und drehe mich zu Marcus um. Da liegt er.
Du brauchst kein schlechtes Gewissen haben. Er wollte

dich umbringen.
Ich kriege es trotzdem nicht auf die Reihe.
Drei Männer kommen herein. Sie nicken mir stumm zu, dann gehen sie zu der Leiche. Einer übernimmt das Kommando. Die anderen beiden breiten neben Marcus einen Leichensack auf dem Boden aus und packen ihn hinein.
Ich kann nicht länger hinsehen. Mit Weinflasche und Glas fliehe ich ins Schlafzimmer. Trotzdem höre ich natürlich die Geräusche von nebenan. Ein dumpfer Laut, dann das Fluchen der Männer. Ich stelle mir vor, wie sie Marcus fallen lassen.
Wer kümmert sich um das ganze Blut? Die Fingerabdrücke, die Projektile, all die Spuren? Und was werden sie mit der Leiche machen?
In diesem Moment ist es soweit. Ich spüre, wie mir der Weißwein wieder hochkommt und schaffe es mit Müh und Not ins Badezimmer. Ich kotze so heftig, dass mir der Hals wehtut, und dann kotze ich weiter, obwohl nichts mehr kommt. Einfach, weil ich nicht anders kann, weil mir so elend ist.
Ich habe einen Menschen umgebracht.
Weil er mich töten wollte.
Der zweite Gedanke folgt dem ersten und ich beruhige mich wieder ein wenig. Ich hocke neben dem Klo und warte. Aber die Übelkeit verfliegt, und bald darauf gehe ich wieder ins Schlafzimmer und lege mich aufs Bett. Alles dreht sich.
Dean kommt herein. Er bleibt in der Tür stehen. »Sie fahren jetzt«, sagt er. »Ich bleibe noch, ist das okay?«
Ich nicke. Mir wäre jeder Andere jetzt lieber. Jax wäre mir am liebsten, aber ich traue mich auch nicht, ihn anzurufen.
Dean betritt mein Schlafzimmer. Er setzt sich zu mir auf die Bettkante. »Beim ersten Mal ist es schwer«, sagt er.
Ich lache auf.
»Hast du das den Nutten gesagt, die du ermordet hast? Dass es gar nicht so leicht ist? Armer DeeDee«, höhne ich.
Er verzieht keine Miene.
»Spotte nur«, sagt er. »Auch ich musste schon töten, damit die Jungs da draußen mich anschließend nicht vom Asphalt kratzen mussten.«
»Und die Mädchen?«

Dean steht auf. »Wie ich sehe, kommst du alleine klar«, erklärt er kühl.
»Entschuldige.« Ich versuche ja, versöhnlich zu sein. Immerhin hat er mir den Arsch gerettet. Doch es fällt mir schwer.
»Schon in Ordnung. Du hast offenbar eine andere Ansicht darüber, wie man dieses Geschäft führen soll.«
»Ich weiß nicht, was das mit den Callgirls zu tun hat.«
»Es gab in jedem Fall gute Gründe dafür, dass ihnen das passiert ist, was geschah.«
Ich richte mich auf. Er steht immer noch in der Tür, und ich möchte diese Möglichkeit nutzen, mit meinem Bruder ein halbwegs vernünftiges Gespräch auf Augenhöhe zu führen.
»Das Mädchen in Vegas?«, frage ich.
Er kommt wieder näher und bleibt vor dem Bett stehen.
»Das Mädchen in Vegas war ein Fehler. Das bereue ich.«
»Und das Mädchen im Müllcontainer? Vor zwei Wochen? Diente das einem höheren Zweck als dem, Juno einzuschüchtern?«
»Sie war nicht nur ein Callgirl, sondern gehörte zu Swan.«
»Ach, und das rechtfertigt den Mord an ihr?«
Ich glaube ihm kein Wort. Aber davon geht er auch gar nicht aus, und deshalb ist es auch irgendwie in Ordnung, denke ich. Er gibt sich einen Ruck und verlässt den Raum.
Ich werde ihn hoffentlich nie wiedersehen.

Zwei Stunden später wage ich mich wieder aus meiner Höhle. In der Zwischenzeit habe ich geduscht und mir die Zähne geputzt. In Sweatpants und einem dicken Sweatshirt schleiche ich barfuß in die Küche und werfe die leere Weinflasche in den Müll.
»Kann ich dich jetzt alleine lassen?«
Ich zucke zusammen. Dean sitzt auf dem Sofa und zappt durch die Kanäle.
»Ich dachte, du bist schon weg.«
»Wollte erst sicherstellen, dass es dir gut geht, Schwesterchen.«
»Ich komme klar«, erwider ich steif.
»Gut.« Er steht auf und kommt zu mir in die Küche. Als er

mir einen Kuss auf die Wange gibt, habe ich das Gefühl, schon wieder duschen zu müssen. »Ich rufe morgen an und höre, wie's dir geht.«

Er nimmt seine Jacke, die über einem der Barhocker hängt, und geht zur Wohnungstür.

»Ach ja, noch etwas.« Dean kommt zurück. Er steht vor der Kücheninsel. Ich stehe auf der anderen Seite und stütze mich mit beiden Händen auf die Marmorplatte.

»Ja?«

»Zu niemandem ein Wort. Wenn Jax davon erfährt, bringe ich dich um. Und mir ist dieser Blut-ist-dicker-als-Wasser-Scheiß egal. Mir ist egal, was unser Vater dann von mir denkt oder Juno. Ich werde dich abknallen, Lea. Ich werde vollenden, was Marcus nicht geschafft hat.«

Die Tür ist kaum hinter ihm ins Schloss gefallen, als ich schon zum Sofa haste und mein Handy aus der Handtasche krame, die immer noch dort liegt. Ich wähle Jax' Nummer.

Wieder nur die Mailbox. Ich versuche es nochmal, obwohl ich nicht damit rechne ...

»Hallo?«

»Jax!« Ich schreie fast. »Scheiße, wo steckst du?«

»Lea.« Er klingt erschöpft. »Ich war beim LAPD.«

Ich erstarre. »Was? Warum?«

»Erkläre ich dir später. Kann ich zu dir kommen? Ich will heute Nacht nicht alleine sein. Ich weiß, wir hatten Pläne, aber ich fürchte, die müssen wir jetzt verschieben ...«

»Was ist passiert?«, will ich wissen.

Und warum, verdammt, warst du nicht in meiner Wohnung, als ich nach Hause gekommen bin?

»Kann ich dir das nicht erzählen, wenn ich bei dir bin?«

Ich stehe vom Sofa auf und beginne, unruhig auf und ab zu laufen. Plötzlich bleibe ich wie erstarrt stehen.

Hier hat er gelegen. Marcus. Hier ist er gestürzt, nachdem ich drei Schüsse auf ihn abgefeuert habe.

Ich weiche zurück. »Das ist ... lieber nicht ...«

Da ist dieses unbestimmte Gefühl. Als würde der Mord an Marcus noch in der Luft liegen. Wie der Geruch nach Schießpulver oder Blut, wie der Gestank des aggressiven Putzmittels,

mit dem Deans Leute den Boden geschrubbt haben. Langsam weiche ich zurück.
»Lea?«
»Ja, komm her.«
Ich lege auf und werfe das Handy aufs Sofa. Dann renne ich ins Schlafzimmer. Ich ziehe mich nackt aus, gehe ins Bad und drehe die Dusche auf. So heiß wie nur möglich, so heiß, wie ich es gerade noch ertragen kann. Die halbe Stunde, bis Jax kommt, kauere ich mich unter dem heißen Duschstrahl zusammen. Ich hocke in der Duschwanne. Das Wasser so brühheiß gedreht, dass ich glaube, es schält mir die Haut von Kopfhaut, Rücken, Brüsten. Ich heiße den Schmerz willkommen. Soll er wüten, soll er mich doch wahnsinnig machen. Vielleicht vergeht dann der andere Schmerz.
Ich wollte das nicht. Himmel, hätte ich mich doch einfach von ihm abknallen lassen.
Dann wäre es jetzt schon vorbei.

11. Kapitel

Jax findet mich eine halbe Stunde später so. Er dreht die Dusche ab, hilft mir auf die Beine und wickelt mich behutsam wie ein Baby in ein Handtuch. Dann hebt er mich hoch und trägt mich ins Schlafzimmer. Er legt mich aufs Bett, und ich wende ihm den Rücken zu, weil ich es nicht ertrage, irgendwen anzusehen.

»Lea.«

Er berührt meinen Rücken, der noch immer wie Feuer brennt. Ich zucke zusammen, und dann bricht sich alles Bahn – der Schock ist zurück, die Angst, die Trauer.

Ich spüre, dass dieser eine Tag alles verändert. Nicht nur mein Leben, nicht nur meine Haltung zu mir selbst, sondern auch unsere Liebe.

Zu niemandem ein Wort. Wenn Jax davon erfährt, bringe ich dich um. Und mir ist dieser Blut-ist-dicker-als-Wasser-Scheiß egal. Mir ist egal, was unser Vater dann von mir denkt, oder Juno. Ich werde dich abknallen, Lea. Ich werde vollenden, was Marcus nicht geschafft hat.

»Was ist denn los?«, fragt Jax behutsam. Ich schüttle den Kopf. Warte, bis meine Tränen langsam versiegt sind und wende mich dann ihm zu.

»Es ist ... Ich hatte solche Angst um dich.«

»Aber jetzt bin ich doch hier.« Er umarmt mich. Diesen winzigen Moment lang, diese zehn Sekunden scheint die Welt wieder in Ordnung zu sein. Doch dann kommt die Erinnerung wieder hoch. Ich hole tief Luft. Atme aus. Versuche, nicht verrückt zu werden.

»Wo warst du?«, will ich wissen.

Wir liegen jetzt auf der Tagesdecke, er hinter mir, wie Löffelchen im Schub. Seine Arme halten mich fest, sein solider Körper hinter meinem verschafft mir Halt. Als ich unwillkürlich zittere, richtete er sich auf, nimmt die Wolldecke von der Bank am Fußende und hüllt mich darin ein, bevor er antwortet.

»Das LAPD hatte ein paar Fragen an mich.«

»Was für Fragen?«

Er zögert.
»Du darfst nicht darüber reden, stimmt's?«
Das schärfen sie dir nach jedem Verhör ein. Dass du mit niemandem darüber reden sollst. Aber das ist Quatsch. Glauben die Cops wirklich, dass sich auch nur einer daran hält?
»Stimmt.« Er lacht. »Sieht so aus, als fänden die Jungs vom Drogendezernat es ziemlich spannend und nebenbei auch noch unschön, dass ich mich in den letzten Monaten so oft in ihrer Stadt herumtreibe. Sie wittern einen neuen Bandenkrieg.«
»Damit liegen sie nicht ganz so falsch, oder?«
»Nun ja ... Ich konnte ihnen schlecht von unserem Deal mit dem FBI erzählen, oder?«
»Ich weiß nicht.«
Zuko hat uns immer eingeschärft, zu niemandem ein Wort über den Deal mit dem FBI zu sagen, denn damit würden wir uns selbst in große Gefahr bringen. Ich hasse diese Andeutungen. Als wäre jeder Bulle korrupt, als könnte sich das FBI nicht aufs LAPD verlassen und umgekehrt.
Nicht gerade eine vertrauensbildende Maßnahme, wenn man mich fragt.
»Ich habe ihnen also eine abstruse Geschichte über das Mädchen aufgetischt, das ich über alles liebe.« Er küsst meinen Nacken.
»So abstrus ist die Geschichte gar nicht«, wage ich einzuwenden.
»Stimmt. Aber sie haben mir kein Wort geglaubt.«
Mir rinnt ein kalter Schauer über den Rücken. »Sind sie dir gefolgt?«
»Ich hoffe nicht.«
Aber sicher ist er auch nicht. Ich richte mich auf. Jax will mich wieder zu sich aufs Bett ziehen, aber das hier ist jetzt wichtig.
»Wir können nicht untertauchen, wenn sie dir gefolgt sind«, erkläre ich.
»Darum kümmere ich mich morgen. Sieh dich doch mal an, Lea. Du bist völlig außer dir, und ich habe keine Ahnung, was genau vorgefallen ist, dass du so eine Wahnsinnsangst vor allem hast. Unser Plan funktioniert. Du holst morgen das Geld,

bringst Zuko den USB-Stick und dann sind wir weg.«

»Nein«, widerspreche ich. »Das geht nicht.«

Ich denke an Dean. Er hat mich jetzt in der Hand. Jederzeit kann er mich zwingen, etwas zu tun, das ich nicht will.

»Willst du nicht? Oder glaubst du, nicht zu können?«

Ich weiß es nicht. Jax sitzt vor mir und mustert mich prüfend. Seine braunen Augen, sonst immer so sanft, dringen tief in mein Bewusstsein ein. Wie kann er nicht sehen, was ich erlebt habe? Warum erkennt er nicht, was aus mir geworden ist?

Ein Monster wie mein Bruder. Eine Mörderin.

»Es geht nicht um das, was ich *glaube*.« Ich werde ärgerlich. Warum denkt er nur immer, dass er mehr weiß als ich?

Acht Monate lang habe ich mich vor meiner Familie in New York versteckt und irgendwie durchgeschlagen. Das schaffe ich auch ein zweites Mal, wenn es sein muss. Ich bin nicht das arme, schwache Mädchen, das ihn damals um Hilfe gebeten hat. Nicht mehr.

»Sondern?«

Ich atme tief durch. Sag es ihm, denke ich. Sag ihm, was du getan hast. Früher oder später wird er ja doch erfahren, dass Marcus verschwunden ist.

Ob man seine Leiche irgendwann findet? Oder sorgt Dean dafür, dass wirklich *alle* Spuren beseitigt werden – insbesondere die Leiche?

Falls er das tut, wird Jax sich immer fragen, was aus Marcus geworden ist.

Die beiden waren nie große Freunde, glaube ich. Aber sie hingen schon in New York zusammen wie Pech und Schwefel. Marcus hat Jax stets den Rücken freigehalten, und Jax wiederum war der treue Adjutant, den Black Swan brauchte, falls Marcus eines Tages die Macht von Raimund Swan übertragen bekam.

Sie brauchten einander.

»Kannst du einfach so verschwinden?«

»Ich kann meinen Teil der Vereinbarung nicht einhalten, falls du das meinst«, sagt er leise.

»Black Swan.«

»Ich habe es versucht.«
Und da begreife ich, was er will.
Jax will mich in Sicherheit bringen. Er will sich opfern. Er will mein Leben retten, ohne genau zu wissen, was dann aus seinem wird. Sein Leben liegt wie ein ungewisser Pfad vor ihm, der durch ein Dickicht führt. Und mich lässt er auf der Straße zurück, die schnurgerade in die Zukunft führt. Eine gut beleuchtete, ausgebaute Straße, auf der jede Menge Leute aufpassen, dass ich nicht hinfalle und mir das Knie aufschlage.
»Du gehst nicht mit«, sage ich leise.
»Ich kann nicht. Ich brauche mehr Zeit, aber darum geht es im Moment nicht. Das ist keine Option.«
Atmen. Tief ein, langsam aus. Immer wieder. Ich mache das und zähle dabei meine Atemzüge, als könnte ich damit irgendwie die Worte ausblenden. Es tut weh. Er will sich einfach so aus meinem Leben stehlen. Haben wir das nicht schon einmal erlebt?
Damals haben wir nicht voneinander lassen können. Damals entstand der Plan, gemeinsam in den Zeugenschutz zu gehen.
»Ich werde immer da sein«, sagt er. »Nur nicht bei dir.« Er schiebt meine Haare beiseite und küsst mir den Nacken. Ich halte die Luft an. Am liebsten würde ich schreien. Seine Berührung ist zu viel für mich. Wenn ich nicht mit ihm abtauchen kann, welchen Sinn hat dann all das, was ich in den letzten Tagen unternommen habe? Wieso habe ich mich so angestrengt, die Beweise gesammelt ...
Ich wäre am liebsten tot.
Hätte ich Mona nur nicht mein Atelier gegeben. Dann wäre der Mörder am nächsten Tag zurückgekommen und hätte mich erledigt, und dann bräuchte ich mir jetzt keine Gedanken mehr darüber zu machen, wie scheiße es sich anfühlt, dass der Mann, den ich liebe, mich einfach fortschickt ...
»Tu das nicht«, flüstere ich.
»Ich wünschte, das könnte ich«, murmelt er.
Ich wende mich ihm zu. Seine Lippen berühren meine, und ich schluchze auf. Jetzt will ich nicht reden, denn es ist genug

gesagt. Wir wissen beide, dass es vorbei ist. Das ändert aber nichts an dem Schmerz.

Ist dies unsere letzte gemeinsame Nacht? Ich weiß es nicht. Aber wenn es so ist, soll diese letzte Nacht uns beiden im Gedächtnis bleiben.

»Ich will ...«

»Ja?« Jax umfasst mein Gesicht mit beiden Händen. Wir sitzen uns auf meinem Bett gegenüber. Er ist sehr ernst, und ich sehe, wie schwer ihm das alles fällt. Wie sehr es ihm wehtut, mich fortzuschicken.

»Ich will mich dir hingeben. Dir und diesem ... Schmerz.« Meine Stimme ist nur ein ersticktes Flüstern.

»Lea ...«

»Nein, ich will jetzt keine Ausflüchte hören. Ich will, dass du dich mir einbrennst. Ich will mich später an dich erinnern. Für immer.«

Er schweigt. Seine Hände wandern zu meinen Schultern und den Brüsten, die vom heißen Duschwasser noch empfindlich sind. Ich zucke zusammen, doch das ist es, was ich meine. Körperliche Schmerzen, die den seelischen Schmerz übertünchen, wenn wir uns trennen.

»Wie sehr willst du das?«

Wir haben noch nie darüber gesprochen. Weder, ob Jax eine sadistische Ader hat noch ob in mir insgeheim eine Masochistin schlummert. Das ist ja auch nicht das typische Thema für ein erstes Date – zumal wir nie eins hatten. Für uns gab es damals in New York nur diese eine Entscheidung für den anderen. Danach haben wir nichts mehr hinterfragt. Wir genossen den Sex miteinander, die seltene Nähe. Aber bisher hat keiner von uns beiden angedeutet, dass er besondere Spielarten bevorzugte.

Am College hatte ich mal einen Freund, dem es gefiel, wenn er mir beim Sex Schmerzen zufügen konnte. Nichts Ausgefallenes, ein bisschen heißes Wachs auf den Brüsten. Ich habe das mit mir machen lassen, und wenige Wochen später trennten wir uns. Was aber nichts mit diesen Spielchen zu tun hatte.

Schmerz löscht Schmerz aus. Er muss nur groß genug sein, damit er den anderen übertüncht. Ich will diesen körperlichen Schmerz, um zu vergessen, dass es unsere letzte Nacht sein wird.

»Ich weiß nicht, ob ich das kann. Dir wehtun.« Ich lächle traurig. »Aber das tust du doch schon.« Er gibt sich einen Ruck. »Okay. Ich ... Okay. Wir brauchen ein Safewort.«

Spätestens da weiß ich, dass er in diesen Dingen erfahren ist. Ich möchte ihn fragen, was er schon gemacht hat, was mich erwartet. Doch die Aufregung schnürt mir die Kehle zu.

»Sag du mir eins«, hauche ich.

Er beugt sich vor, streicht meine Haare hinter das Ohr. Ganz dicht an meiner Ohrmuschel liegen seine Lippen, als er flüstert: »Schmerzmädchen.«

Ich erschaudere. Das passt. Dieses Wort wird mir sicher nicht über die Lippen kommen. Lieber beiße ich mir die Zunge ab.

»Und du? Brauchst du auch eins?«, frage ich ihn.

Jax lacht. »Ich glaube nicht. Oder willst du ...?«

Nein. Ich will ihn nicht dominieren. Ich habe nur einen Wunsch: mich in dieser Nacht so vollständig ausliefern und ihm offenbaren, dass er mich nie vergessen wird. Er soll sich mir unter die Haut brennen, ich will mein Blut schmecken, wenn er mit mir fertig ist.

Ich will alles.

Und mehr.

Ich weiß nicht, was ich erwartet habe. Das hier jedenfalls nicht.

Natürlich kenne ich mich ein bisschen aus. Nicht nur, weil mein Collegefreund gerne über SM-Techniken geredet hat, sondern auch von Gesprächen mit Freundinnen – damals, als ich noch Freundinnen hatte.

Jax verschwindet im Wohnraum, und ich höre, wie er in den Schränken kramt. Wenn er Seile oder ähnliche taugliche Utensilien sucht, muss ich ihn leider enttäuschen. Auf eine Bondage-Nummer war ich heute Abend nicht eingestellt.

Aber ich war ja auch nicht darauf vorbereitet, jemanden zu

erschießen...
　Er kommt zurück und setzt sich auf die Bettkante. In der Hand hält er ein Messer. Das größte, das er auftreiben konnte. Mir stockt der Atem. »Jax ...«
　»Keine Angst.« Er wiegt es probeweise in der Hand. »Ich habe gedacht, ich kann das, aber ...«
　Er gibt es mir.
　»Was soll ich damit?«
　»Lieber lasse ich mich umbringen als dir noch mehr Schmerzen zuzufügen«, sagt er. »Ich verstehe deine Sehnsucht danach. Wirklich. Aber lass es uns später tun. Wenn wir beide ... mehr darüber wissen, was richtig ist. Wenn wir dafür bereit sind.«
　Ich schaue auf das Messer in meiner Hand.
　»Es wird kein Später geben«, wende ich ein.
　»Doch. Ich werde dich finden, Lea.«
　Ich schließe die Augen.
　Gibt es eigentlich so einen offiziellen Regelkatalog für Personen im Zeugenschutz des FBI? Bestimmt. Diese Sesselfurzer haben doch für alles ein Regelwerk. Und ich bin sicher, in dieser Mappe mit den Do's und Don'ts des Zeugenschutzes steht auf der ersten Seite fett und in Großbuchstaben: DU SIEHST NIEMANDEN AUS DEINEM ALTEN LEBEN WIEDER. NIEMALS.
　»Das geht nicht«, widerspreche ich.
　»Wer kann es mir verbieten?«
　»Ich!«, rufe ich. »Ich verbiete es dir. Was meinst du denn, was sie mit uns machen, wenn du mich findest? Glaubst du, Zuko beglückwünscht dich zu deinem Eifer, lässt dich bei mir wohnen und dann ist es für alle Zeiten gut?«
　»Ich lasse mir vom FBI überhaupt nichts vorschreiben«, gibt er hitzig zurück.
　»Aber von mir!«, rufe ich. »Lass mich in Ruhe, Jax. Ich will nicht ständig hinter mich schauen müssen, ob du dort auftauchst. Ich will nicht in der Hoffnung leben, dass du doch wieder da bist, dass wir noch eine Chance bekommen. Versteh doch ...«
　Ich schluchze auf. Sofort ist er bei mir und schließt mich in

die Arme. Ich presse meinen Körper an seinen, und er küsst mich gierig. Seine Zunge zwingt meine Lippen auf, ich schmecke ihn, er beißt mich. Das Blut, das aus meiner Unterlippe strömt, liegt mir kupfrig auf der Zunge. Seine Hände umfassen meinen Hintern und heben mich hoch. Er trägt mich in den Wohnraum, gerade so, als würde ich nichts wiegen. Dort setzt er mich auf die Anrichte in der Küche, hält mich fest. Ich will das nicht. In diesem Moment ist mir seine Berührung zu viel, denn ich weiß, wenn wir jetzt Sex haben, wird es das letzte Mal sein. Für immer. Und wenn es vorbei ist, wird es viel zu schnell geschehen, und danach bleibt mir nur die Erinnerung.

Er öffnet mit einer Hand die Hose. Mit der anderen hält er mich auf dem Tresen fest. Ich wehre mich. Meine Hände stoßen ihn weg. Schon ist er über mir, sein Oberkörper drückt mich nieder. Mit aller Kraft versuche ich, mich aus seiner Umklammerung zu befreien, doch er ist zu stark für mich.

Mit dem Blut brennt mir das Safewort auf den Lippen.

Er hält inne. Seine braunen Augen versinken in meinen, und ich halte die Luft an. Er wartet, dass ich es sage. Dass ich es beende.

Ich schaffe es nicht.

Dieses letzte Mal will ich mit ihm zusammen sein, dieses letzte Mal muss ich ihn spüren. Und er versteht mein Schweigen.

Ich will von ihm gezeichnet werden. Seine Berührungen sollen sich in meine Haut brennen für alle Zeiten, wenn ich ihn schon nicht mitnehmen kann an den Ort, an den das FBI mich bringen wird.

Jax flüstert meinen Namen.

»Ja«, antworte ich.

Er flüstert ihn, wieder und wieder. Wie ein Mantra, wie ein Gebet, einen Psalm.

Und dann beginnt er, mich zu ficken.

Es ist anders als vorher. Er dringt hart in mich ein, und ich muss mich an ihn klammern, verbeiße mich in seiner Schulter, um nicht zu schreien. Es tut weh. Doch nicht der körperliche Schmerz droht, mich um den Verstand zu bringen, sondern der

seelische. Ich ahne, dass das, was da mit uns geschieht, auf eine verdrehte, wunderschöne Art die höchste Form der Liebe ist.
»Lea, Lea, Lea ...«
An seiner Stimme halte ich mich fest. Sein Schwanz ruht hart in mir, und er hält still, zieht diesen Moment in die Länge, als könnten wir ewig so miteinander verbunden sein. Oder als könnten wir zumindest die Erinnerung an diese Nähe so lange konservieren, dass sie uns in den kommenden Monaten, Jahren, in diesem Leben, das da vor uns liegt, stets Halt geben wird.
Als er beginnt, sich in mir zu bewegen, umschlinge ich ihn mit den Schenkeln. Meine Hände umfassen seinen muskulösen Arsch, ich ziehe ihn tief in mich hinein. Seine Hände finden keine Ruhe – scheinbar ziellos fahren sie über meinen Körper. Er kneift mich in den Nippel, dass der Schmerz bis in meine Muschi fährt, er quetscht meine Brüste, bis ich vor Schmerz stöhne.
Doch er ist nicht zufrieden. Er will mehr. Schmerz, Lust, Hingabe. Seine Hände drücken mich nach hinten. Ich liege auf der Theke, die Arme nach ihm ausgestreckt. Er packt meine Hände, führt sie an die Lippen und küsst jede Fingerspitze voller Zärtlichkeit. Dafür hält er nur kurz inne, und danach schiebt er sich auf mich. Er schleudert alles, was uns im Weg ist, von der Küceninsel – einen Topf Basilikum, eine Flasche Olivenöl, die Pfanne auf dem Herd. Die Induktionsplatte piepst, und ich bete darum, dass diese sexuelle Spannung, die uns beide so unnachgiebig im Griff hat, sich nicht gleich irgendwie durch meinen Hintern magnetisch entlädt, denn dann könnte mir ziemlich heiß werden.
Seine Hände drücken meine auf die Granitarbeitsfläche.
»Lea.« Seine Stimme ist nur noch ein heiseres Flüstern. Als könnte er nicht glauben, dass ich da bin. Dass ich in seinen Armen liege. »Sieh mich an.«
Nur widerwillig schlage ich die Augen auf und blicke zu ihm hoch. Sein Gesicht wirkt wie gemeißelt, die Züge haben sich verhärtet. Die schokobraunen Augen, in denen ich einst versank, sind pechschwarz, und ich sehe etwas darin, das mir

Angst bereitet.

Es scheint gar nicht mehr so absurd, dass Menschen sich umbringen, weil sie sonst getrennt werden. Eine Liebe, die nicht überwunden wird und im Tod fortbesteht.

Ist das nicht besser als nie mehr mit dem anderen zusammen sein zu dürfen?

Darf man das nicht wenigstens für einen winzigen Moment glauben?

Ich atme tief durch. Meine Nippel drücken gegen seine harte Brust. Ich spüre sein Zittern, die mühsame Selbstbeherrschung. Wir sind beide kurz davor zu kommen. Kurz davor, diesen letzten Höhepunkt unserer Liebe zu erleben – und danach für immer voneinander zu lassen.

»Jax ...«

»Willst du es?« Er bewegt sich. Ganz leicht nur. Meine Muschi ist inzwischen nur noch ein heißes Pulsieren, ich spüre meine Nässe an den Schenkeln, an ihm, als würde ich übersprudeln vor Lust. »Willst du das hier?«

Ich fange an zu weinen. Wie kann er von mir verlangen, dass ich es beende?

»Sag es, Lea. Sag, dass du kommen willst.«

»Ich will ...« Mühsam schlucke ich. Meine Kehle brennt, jeder klare Gedanke ist fortgewischt. »Ich will es.«

»Gut.«

Er klingt ganz ruhig. Langsam beginnt er wieder, mich zu vögeln. Mit Bedacht und Zärtlichkeit. Ich spüre, wie er in mir größer wird, und dann spüre ich nur noch, wie das Pulsieren aus meinem Innersten aufsteigt. Es kommt in Wellen, und ein paarmal glaube ich, das ist es schon, doch jedes Mal wird er kurz vorher langsamer. Er zieht es hin, er steigert meine Lust ins Unermessliche, bis ich nur noch heule und stöhne, bis ich ihn packen will. Doch seine Hände halten meine fest, sein Körper drückt meinen nieder.

Und dann geschieht es.

Bei dieser Welle denke ich, sie wird über mich hinwegrauschen wie die anderen. Diesmal aber ist es anders. Sie hebt mich an, trägt mich davon. Streichelt mich, tröstet mich. Lässt mich nicht allein. Mein Orgasmus ist so intensiv, dass ich nur

noch stumm weinen kann. Vor Glück.
   Es ist der glücklichste Moment meines Lebens.
Der Absturz danach ist umso brutaler.

12. Kapitel

Ich öffne die Augen.
Noch immer liege ich nackt auf der Küchentheke. Damit mir nicht kalt wird, hat jemand eine Decke über mich gebreitet. Ich richte mich auf. Schaue mich um.
Draußen herrscht tiefste Nacht.
Nur langsam komme ich wieder zu mir und kann meine Gedanken sammeln. Ich rutsche von der Kochinsel, tapse barfuß und in die Decke gewickelt ins Schlafzimmer. Leise rufe ich seinen Namen.
Keine Antwort.
Er ist einfach gegangen.
Ich sollte akzeptieren, dass er fort ist. Dass sein Geruch und sein Samen, der an meinem Schenkel hinabfließt, die letzte Erinnerung an ihn ist. Ich habe kein Foto, kein Schmuckstück, das er mir geschenkt hat, nichts. Nur die Erinnerungen.
Er ist flüchtig wie ein Geist. Und als ich ihn bat, mein Leben zu retten, hat er es getan. Zweimal.
Darf es mir genügen, dass er für diese wenigen Monate Teil meines Lebens war? Darf ich die Erinnerung an unsere gemeinsame Zeit als ein Geschenk begreifen, das vielen anderen Menschen nie vergönnt ist?
Immerhin habe ich geliebt.
In dieser Nacht schlafe ich. Anders als in so mancher Nacht zuvor kann ich mich ins Bett legen, die Augen schließen und sofort in tiefen Träumen versinken. Wer hätte das gedacht? Es ist vorbei, und mein Unterbewusstsein ist damit zufrieden. Ich weiß, dass ich alles getan habe, was in meiner Macht stand.
Am nächsten Morgen mache ich mich fertig und packe eine kleine Tasche mit dem Bargeld, ein paar Klamotten, meinem Pass und dem Handy. Ich wähle Jax' Nummer und bin nicht überrascht, als mir eine Automatenstimme mitteilt, der Teilnehmer sei nicht erreichbar.
Er hat die Verbindung zu mir gekappt. Ich weiß nicht, ob er das getan hat, um sich selbst zu schützen oder um es mir leichter zu machen. Letztlich ist es auch egal. Es würde mich nicht wundern, wenn in ein paar Tagen dieselbe Automatenstimme

erklären würde, dass die Rufnummer nicht vergeben sei.
Um halb elf fahre ich los zu Nicholas. Als ich zwei Blocks von der Galerie entfernt meinen Wagen abstelle, bin ich sicher, dass niemand mich verfolgt. Gut. Was ich heute vorhabe, braucht keine Zeugen. Schon gar nicht die Jungs vom FBI.
Nicholas begrüßt mich überschwänglich mit Küsschen links, Küsschen rechts. Er sieht müde aus. Monas Tod hat ihn sehr mitgenommen.
»Ich habe heute Morgen noch dein schönstes Werk verkauft«, teilt er mir fröhlich mit. »Ein anonymer Kunstsammler. Er ließ einen Assistenten anrufen.«
»Du meinst das New-York-Bild?«
Er spürt mein Zögern sofort. »War es unverkäuflich? Oh nein, Schätzchen! Das tut mir leid. Aber er hat ohne zu handeln die 30.000 geboten, und ich dachte, du kannst das Geld vielleicht gut brauchen ...«
30.000 Dollar.
»Ich habe das Geld hinten im Büro für dich in einer Reisetasche. Komm.« Er führt mich durch die Galerie, vorbei an meinen Bildern und an Monas Plastiken. Ich bleibe bewundernd vor einem der Objekte stehen – eine völlig verunglückte Vase, grün glasiert und mit winzigen Rubinsplittern besetzt. Sie sieht wunderschön aus in ihrer Imperfektion.
»Gefällt sie dir?«, fragt Nicholas.
Ich nicke stumm. Aber dann reiße ich mich los. Ich bin nicht hier, um Kunst zu kaufen.
Im Büro geht alles ganz schnell. Ich unterschreibe die Quittung, und Nicholas händigt mir eine Abrechnung und eine Reisetasche mit dem Geld aus. Ich bin erstaunt, wie schwer sie ist. Auch Bargeld hat Gewicht, wenn es mehr als genug ist ...
Ich hoffe, es ist genug, bis ich auf eigenen Füßen stehe.
Nicolas umarmt mich zum Abschied. »Mona wäre stolz auf dich. Vergiss das nie«, flüstert er mir zu.
Auf dem Weg zum Auto hole ich das Handy aus der Gesäßtasche und wähle Junos Nummer. »Hey Juno, was hältst du davon, wenn wir uns mit Dean heute bei Vic treffen? Ich rufe an, damit sie uns Abendessen kochen.«
Juno klingt erst etwas müde, doch dann wird sie sofort

munter. »Das ist eine tolle Idee!«, sagt sie begeistert. »Ich rufe gleich DeeDee an und sage ihm Bescheid. Ich will doch seine ganze Familie kennenlernen.«
 Gut, denke ich, nachdem ich aufgelegt habe. Wäre das auch erledigt.
 Ich wähle als nächstes Zukos Nummer und verabrede mich für den späten Abend mit ihm in einer Bar am Flughafen. Dann werfe ich die Reisetasche in meinen Kofferraum und fahre nach Hause.
 Es ist noch viel zu tun.

Das Idyll ist kaum auszuhalten. Ich sitze neben Vic auf der Veranda und trinke Margaritas, während er zu seinen Pferden blickt.
 Zumindest glaube ich, dass er sie sieht. Aber was weiß ich schon.
 Ich habe ihm alles erzählt. Ich weiß, es ist irgendwie unfair, denn wer kann schon abschätzen, wie viel ein Wachkomapatient wirklich mitbekommt? Und er kann sich nicht dagegen wehren.
 Für die letzten Schritte vor meinem Verschwinden brauche ich ihn und das FBI.
 Dean und Juno fahren mit dem mattschwarzen Lamborghini vor. Er steigt aus, eilt um den Wagen herum und hält ihr galant die Beifahrertür auf. Hand in Hand überqueren sie den Hof und betreten die Veranda.
 »Da seid ihr ja. Schön, dass ihr kommen konntet.« Ich stehe auf und umarme Juno zur Begrüßung.
 Dean nimmt seine Sonnenbrille ab und mustert mich. »Du siehst blass aus«, meint er.
 »Ach, das ist nichts.« Ich fühle mich etwas wackelig auf den Beinen, aber das wird schon wieder. Hoffe ich. Die Margaritas sind auch ziemlich stark, ich sollte mich langsam mal bremsen.
 Ich lege den Arm um Juno und führe sie zu Vics Ruhesessel.
 »Vic? Das ist unsere Schwägerin Juno. Ich habe dir von ihr erzählt.«

Juno wirkt seltsam schüchtern. »Hallo Vic«, sagt sie, streckt behutsam die Hand nach ihm aus und berührt seinen Arm.

»Hört er, was wir sagen?«, fragt sie.

»Angeblich kann das niemand so genau sagen. Aber ich bin überzeugt, dass er alles mitbekommt.«

»Ich habe noch nie ... Also, wenn ich irgendwas falsch mache, tut es mir leid«, sagt Juno an Vic gewandt.

Sie macht alles richtig. Ich bin stolz auf sie.

»Er mag es nur nicht, wenn er das Gefühl hat, dass wir über ihn reden, ohne ihn am Gespräch zu beteiligen«, versichere ich ihr.

Dean zieht die Augenbrauen hoch, doch er sagt nichts.

Zum Abendessen bekommen wir Hühnerschenkel mit Reis und Salat. Ein einfaches Essen, aber es schmeckt köstlich. Vic wird vor dem Essen von seiner Pflegerin ins Haus gebracht und bekommt über die Sonde Spezialnahrung.

Dean und ich trinken Margaritas, während es für Juno Eistee gibt. Die beiden sind richtig verliebt, und ich habe kurz ein schlechtes Gewissen, weil ich gleich so eine miese Sache abziehen werde.

Aber es geht nicht anders.

Zum Nachtisch gibt es Beerengrütze mit Grießpudding. Ich löffle gerade etwas Grütze auf meinen Pudding und komme eher beiläufig zur Sache.

»Wusstest du, dass Vic früher das Unternehmen erben sollte?«

»Ja«, sagt Juno. »Aber dann hatte er den Unfall, nicht wahr?«

Unfall? Ich blicke Dean an, doch er zuckt nur mit den Schultern. Irgendwas musste er ihr ja erzählen, und ich nehme an, eine Familiengeschichte, in der nicht jeder zweite ermordet wird oder bei einer Schießerei fast umkommt, passt ihm besser in den Kram.

»So ungefähr. Danach hat Dean dann von unserem Vater alles gelernt, was er braucht.«

»Lea?«, fragt er scharf. »Was wird das hier?«

»Oh, wusstest du das noch nicht? Juno weiß Bescheid. Sie hat hinter deine Fassade geschaut, und es ist ihr egal, wer du bist.«

Über den Tisch senkt sich eine gespenstische Stille. Ich warte, dass er in die Luft geht, aber nichts passiert. Schließlich erklärt er leise: »Das wusste ich nicht.«

Juno legt ihm tröstend die Hand auf den Unterarm – eine Geste, die sie universell einsetzt, um anderen ein bisschen Nähe zu geben, fällt mir auf. Seltsam distanziert für eine Ehefrau bei ihrem Mann.

»Ist nicht schlimm, DeeDee«, sagt sie ganz ruhig. »Das mit der Nutte, meine ich. Du hast Gründe dafür. Und dass du mich die Treppe runtergestoßen hast, habe ich dir längst verziehen.«

»Baby, du weißt, wie sehr mir das noch immer leidtut. Wenn ich damals gewusst hätte, dass du schwanger bist ...« Er nimmt ihre Hand, wendet sich ihr zu und hält den Kopf gesenkt. »Du weißt gar nicht, was für Gewissensbisse ich deshalb habe.«

»Schon gut, Liebling.« Sie streichelt seine dunklen Haare.

Fast nehme ich den beiden dieses Familienidyll ab. Aber ich kenne Deans wahres Gesicht, ich weiß, dass Juno Angst vor ihm hat und alles sagen oder tun würde, damit es kein zweites Mal so weit kommt.

»Ich verzeihe dir.«

Er blickt zu ihr auf, und seine grünen Augen wirken feucht. Verdammt! Liebt er sie wirklich?

Und wenn das so ist: muss ich dann diese Scharade weitertreiben? Oder ist Juno auch ohne mich in Sicherheit?

Mir bleibt keine Zeit, meine Optionen abzuwägen. Ich habe vorher entschieden, was ich tun werde, und ich habe nicht vor, davon abzuweichen.

»Erzähl ihr alles, Dean«, sage ich leise. »Erzähl ihr von Chrissa.«

Beide starren mich an. Dean voller Wut, Juno mit gerunzelter Stirn, weil sie nicht weiß, wovon ich rede.

»Was ist mit Chrissa?«, fragt sie, als keiner von uns etwas sagt.

Dean und ich kämpfen es stumm mit Blicken aus. Er voller Hass, ich herausfordernd und wild.

»Nichts«, sagt er, ohne mich aus den Augen zu lassen.

»Erzähl es ihr«, fordere ich ihn auf.

Sein Blick zuckt von mir zu Juno. Sie rückt näher zu ihm und lässt ihn nicht aus dem Augen. »Mir kannst du alles erzählen«, versichert sie ihm. »Was ist mit Chrissa?«

Dean schüttelt den Kopf. »Das ist eine Falle, oder?«, fragt er. »Lea? Bist du verkabelt?«

»Nein«, sage ich.

»Was ist hier los?«, will Juno wissen. »Was ist mit Chrissa?«

»Ich glaube dir nicht.«

Ich stehe auf. Ganz langsam beginne ich, meine Bluse aufzuknöpfen. Darunter trage ich einen BH, und in der kühlen Abendbrise werden meine Nippel steif. Ich streife die Bluse von den Schultern, drehe mich dann um und hebe sie hinter meinem Rücken an.

»Kein Mikro«, sage ich.

»Was hat das alles zu bedeuten?«, will Juno wissen.

Dean steht auf. Mit einer Handbewegung bedeutet er mir, ihm ins Haus zu folgen.

»Was soll das?«, fragt er, kaum dass er die Terrassentür hinter uns zugezogen hat.

»Ich finde, sie hat ein Recht auf die Wahrheit«, erkläre ich.

Dean schnaubt. »Ach ja? Glaubst du, meine Frau wird es gut aufnehmen, wenn ich ihr erzähle, dass ich der Mörder ihrer Schwester bin? Dass ich es getan habe, um das Kartell zu retten?«

»Du unterschätzt sie. Juno weiß vom Kartell, sie weiß von den Nutten und es ist ihr egal, weil sie dich liebt.«

Das bringt ihn zum Schweigen.

»Sieh es mal so«, fahre ich fort. »Bisher hast du das vor ihr geheim gehalten, weil du dachtest, sie hält das nicht aus. Aber sie schafft das. Sie ist härter als die anderen Tevez-Frauen. Taffer als Mom es je war oder ich je sein werde.«

Er schnaubte. »Würdest du Jax verzeihen, wenn er jemanden ermordet hätte, der dir so nahe steht?«

Juno zum Beispiel? Denn wenn er dich umbringt, würde ich auf deinem Grab tanzen, Brüderchen.

»Wenn er gute Gründe dafür hat? Wenn er mich damit beschützen will?«

»Du bist eine miserable Lügnerin.«

Ich will ihm widersprechen, doch ich halte lieber den Mund. Jax ist ein empfindliches Thema, doch das soll Dean nicht wissen. Ich fühle mich noch wund von unserem letzten Sex, und in meinem Kopf schwirren tausend Gedanken herum, weil ich mich so sehr nach ihm sehne. Wenn ich nicht aufpasse, verliere ich mich.

»Mach reinen Tisch. Ich helfe dir dabei. Niemand wird je davon erfahren, es ist ein Gespräch, das zwischen uns Dreien bleibt.«

Er gibt sich einen Ruck. »Überlass es mir, okay?«

Mehr will ich gar nicht. Erleichtert nicke ich. »Klar, okay. Mach, wie du es für richtig hältst.«

Wir gehen zurück auf die Terrasse. Juno sitzt neben Vic und zeigt ihm gerade die Ultraschallfotos von ihrem letzten Besuch beim Frauenarzt.

Sie ist irgendwie auf eine liebenswerte Art verrückt. Vic hätte sie gemocht.

Nein, er *mag* sie, korrigiere ich mich.

»Ich muss dir was erzählen, Liebes.« Dean setzt sich zu Juno und sucht nach ihren beiden Hände. »Über Chrissa.«

»Ja?« Sie steckt die Fotos wieder in den Umschlag und streckt dann ihre Hände nach ihm aus. »Was ist mit Chrissa?«

Ich gieße mir eine letzte Margarita ein.

»Mein Dad ... Er war mit ihr zusammen.«

Das scheint Juno zunächst nicht allzu sehr zu schockieren. »Das ist schön«, sagt sie. »Aber das wusste ich doch schon, DeeDee. Lea hat es mir erzählt.«

»Du weißt aber nicht alles über deine Schwester.« Er holt tief Luft, als würde es ihm wirklich unendlich schwerfallen, ihr *alles* zu erzählen.

Ich lehne mich entspannt zurück. Das verspricht spannend zu werden. Immerhin kenne ich nur den Teil der Geschichte, den ich selbst miterlebt habe – ich fand damals Chrissas Leiche und erfuhr kurz darauf, was für ein gewalttätiges Monster mein Bruder ist.

»Sie waren erst wenige Wochen zusammen, und Chrissa hat versucht, meinen Dad zu beeinflussen. Unseren Dad«, fügt er nach einem Seitenblick in meine Richtung hinzu, als würde er damit die Schuld an den Geschehnissen auch ein bisschen mir in die Schuhe schieben.

Ich proste ihm nur spöttisch zu.

Mach so weiter, Brüderchen. Du schaufelst dein eigenes Grab und nicht meins.

»Du weißt, womit wir unser Geld verdienen. Drogen.«

»Ja, DeeDee. Es macht mir nichts aus«, versichert sie ihm.

»Jedenfalls ... die Drogen sind unser Geschäft. Die Wäschereien, Diner, Tankstellen und so weiter – das ist nur Fassade. Und Chrissa hat das natürlich durchschaut. Sie war nicht dumm. Aber es gefiel ihr nicht. Du weißt, wie Chrissa war. Sie wollte immer Gutes tun. Drogenhandel war nichts Gutes, sondern für sie der Inbegriff des Bösen.«

Immerhin sah sie tagtäglich in ihrem Viertel den Bandenkrieg, den die Drogen auslösten. Straßengangs bekriegten sich in ihrem Garten, und danach brachten sie die verwundeten Jungs, teilweise Jugendliche oder sogar Kinder, zu Chrissa, damit diese ihre Verletzungen notdürftig versorgte. Ich erinnere mich daran nur allzu lebhaft.

»Und sie wollte, dass Dad damit aufhörte. Sie fing es ganz geschickt an, hat ihm vorgerechnet, dass die einzelnen Geschäftsbereiche auch ohne die Geldwäsche von den Drogen auf eigenen Füßen stehen konnten. Und dann hat sie ihm erklärt, dass es für sein Gewissen besser sei. Dass sie sich schwertue, mit ihm zusammen zu sein, wenn er weiter sein Geld auf diese Weise verdient.«

Ich beobachte Juno. Sie hört aufmerksam zu, doch gleichzeitig wirkt sie irgendwie abwesend. Als wäre die Erinnerung an Chrissa etwas, das sie nicht von sich schieben konnte.

»Mein Vater wurde allmählich alt. Er dachte tatsächlich darüber nach, sich zur Ruhe zu setzen.«

»Aber was hätte es gebracht, wenn ihr euch zurückzieht? Sofort wären andere an eure Stelle gerückt. Grausamer, vielleicht auch gefährlicher ...«

»Genau. Es wäre zu einem Drogenkrieg in L.A. gekommen,

den niemand hätte absehen können. Hunderte Tote, Tausende Verletzte. Ein Massaker.« Dean nickt eifrig. Jetzt hat er sie fast soweit.

»Darum hast du den Auftrag gegeben, sie zu ermorden?« Juno blickt ihn forschend an.

Das Schweigen ist greifbar zwischen uns Dreien. Ich halte die Luft an.

»Nein«, sagt Dean schließlich sanft.

»Aber wer ...«

»Ich habe nicht den Auftrag gegeben, Juno.« Er atmet langsam aus. »Ich habe es selbst getan. Das war ich meinem Vater und Chrissa schuldig. Ich wollte keinen Stümper damit beauftragen. Keinen Killer, der sie erst jagt, der ihr Angst macht. Es sollte ... Ich wollte nicht, dass sie leidet«, fügt er hinzu. »Darum habe ich es selbst gemacht.«

Das Schweigen ist so absolut, dass ich glaube, den Wind zu hören, der über das Haus streift. Ich blicke Vic an, doch sein Rollstuhl ist gerade so gedreht, dass er mich nicht ansehen kann.

Hast du das gehört, Vic? Siehst du, was für ein Monster unser Bruder ist? Du verstehst sicher, dass ich etwas dagegen unternehmen muss, oder?

Juno zieht ihre Hand aus Deans Händen, und er hindert sie nicht daran. »Du ...?« Sie starrt ihn an.

Eine Zeitlang sagt keiner von uns ein Wort. Ich beuge mich vor und genehmige mir den letzten Rest Margarita aus dem Pitcher. Doch niemand beachtet mich. Ich bin nur die stille Beobachterin.

»Hätte ich damals gewusst, was das für dich bedeutet ...«

Dean verstummt. Er merkt selbst, was er da für einen Quatsch redet.

Juno sieht mich an. »Hast du davon gewusst?«, fragt sie.

Ich kann nur nicken.

Wut flammt in ihren dunklen Augen auf. Unbändiger Hass. Doch er richtet sich erstaunlicherweise nicht gegen Dean, ihren geliebten DeeDee, sondern gegen mich. Die böse Schwester, die beste Freundin Chrissas, die von dem Mord wusste und nie ein Wort darüber verlor.

»Warum bist du nie zur Polizei gegangen?«, will sie wissen.

»Ich war bei der Polizei«, erkläre ich. Dass sich ihre Wut nun gegen mich richtet, habe ich nicht unbedingt erwartet. Doch ich kann es akzeptieren, wenn es Juno hilft, mit dem Schmerz umzugehen.

»Du hättest es mir sagen müssen.«

»Hättest du mir denn geglaubt?«

Das bringt sie zum Schweigen. Sie hat die Hände zu Fäusten geballt, die Schultern hochgezogen. Ihr ganzer Körper schreit Ablehnung, doch wenigstens hört sie uns noch zu.

»Aber warum musste sie sterben?«, fragt sie.

»Juno, Liebes ...« Dean gibt sich wirklich Mühe. Er sucht ihre Hände, und als sie mit der kleinen Faust nach ihm schlägt, weicht er nicht aus, sondern lässt den Schlag auf sich niedersausen, als hätte er ihn verdient.

»Nenn mich nicht so«, faucht sie. »Du ... Monster.«

Sie springt auf und stolpert von der Veranda in den Garten, hinein in die Dunkelheit, die sich über das Gelände legt. Wir hören, wie ihre Schritte verklingen, wie sie schluchzt und zwischendrin immer wieder unverständliche Worte ausstößt.

»Scheiße.« Dean wirft sich in dem Stuhl nach hinten. »Das war ja eine tolle Idee von dir, dass ich ihr die ganze Wahrheit erzählen soll ...«

»Sie wird sich wieder beruhigen.« Ich leere das Glas mit zwei großen Schlucken und stehe auf. »Ich rede mit ihr. Wir kriegen das wieder hin.«

Er starrt ins Dunkel.

»Ja, bitte«, sagt er leise. »Sie ist doch meine ... Frau.«

Er sagt das mit einem Staunen, als würde ihm diese Tatsache erst in diesem Moment bewusst. Und als sei es für ihn das Beste, was ihm je passiert ist.

Er scheint sie wirklich zu lieben. Mein Bruder, das Monster, empfindet etwas für dieses zarte Mädchen.

Ich folge ihr in die Dunkelheit.

Der Pferdestall liegt um diese Tageszeit still vor mir. Ein paar Lampen brennen über der breiten Boxengasse, aber in den Boxen ist es dunkel. Ich gehe an ihnen vorbei. Ein paar Pferde

strecken die Köpfe heraus, und ich gehe zu einer dunkelbraunen Stute und streichle ihre Nüstern. Sie schnaubt in meine Hand. Ihre warmen, klugen Augen mustern mich.
Ich weiß, ich weiß. Das war nicht fair von mir.
Aber ich bin hier, um die Sache zwischen Dean und Juno wieder hinzubiegen.

Mein Plan ist aufgegangen. Sogar sehr viel besser als anfänglich gedacht. Ich habe mit mehr Zögern auf Deans Seite gerechnet. Dass er sich so bereitwillig geöffnet hat, zeigt mir nur einmal mehr, dass er sich mit dem Mord an Chrissa plagt. Dass er sein Gewissen erleichtern musste, zumindest in diesem einen Fall.

Wenn es mir gelingt, dass die beiden sich jetzt wieder versöhnen, habe ich mein Ziel erreicht.

»Juno?« Ich gehe weiter und lausche. Aus einer der Boxen dringt ein Schluchzen.

Ich bleibe draußen stehen.

»Juno, bist du da drin?«, flüstere ich.

Das Heulen verstummt. Ich halte den Atem an.

»Verschwinde«, faucht sie.

Wenigstens redet sie wieder mit mir.

Die Boxentür steht einen Spaltbreit offen. Ich trete näher und schaue über die halbhohe Holztür.

Die Box dient im Moment nur als Strohlager. Mehrere Ballen liegen in einer Ecke aufgestapelt, und davor hockt Juno auf dem nackten Betonboden. Sie hat die Arme um die Knie gelegt und wiegt sich langsam vor uns zurück. Ihr Anblick tut mir weh.

»Juno ...«

Ihre Augen funkeln in der Dunkelheit. »Bleib, wo du bist.«

Ich lasse mich davon nicht beeindrucken. Was will sie machen? Mit ihren kleinen Fäusten auf mich einprügeln? Ich habe es bestimmt verdient.

»Lass uns bitte vernünftig miteinander reden.«

Sie schweigt. Das begreife ich als Zustimmung und setze mich neben sie. Der Boden ist eiskalt. Sie wird sich mit ihrem dünnen Kleidchen eine Blasenentzündung holen.

»Ich hätte es dir früher sagen können«, fange ich an.

»Allerdings. Scheiße, was seid ihr für eine Familie? Ich meine...«

Von der Seite schaue ich sie an. Juno beißt sich auf die Unterlippe.

»Wir sind nicht besser oder schlechter als andere Familien. Und dass Dean ein Mörder ist, hast du spätestens seit zwei Wochen gewusst, oder?«

»Das ist was anderes«, protestiert sie. »Das war eine Nutte, die sich nicht an die Regeln gehalten hat.«

Sieh mal an. Du hast die Rhetorik des Drogenkartells aber schon perfekt verinnerlicht.

Juno scheint dasselbe zu denken, denn sie holt tief Luft und erklärt dann: »Du weißt, dass ich es nicht so meine.«

»Natürlich nicht.«

»Aber es ist etwas anderes, wenn so ein anonymes Mädchen tot aus dem Müllcontainer gefischt wird oder wenn sie deine Schwester umbringen, weil sie Einfluss nehmen will.«

»Ich habe auch um Chrissa getrauert«, sage ich leise. »Sie war meine beste Freundin. Ich habe immer gedacht, diese Freundschaft hält ewig.«

»Und als du bei der Polizei warst ...«

Sie will also die ganze Geschichte hören.

»Die Polizei wollte nicht nur Dean, sondern alles. Das ganze Kartell. Dean, meinen Vater, alles. Dazu war ich damals nicht bereit, verstehst du? Ich wollte nur, dass Dean für den Mord bestraft wurde ...«

Die Morde. Es waren zwei. Erst das Callgirl in Vegas, dann Chrissa ...

»Und als du ihnen nicht alles liefern wolltest ...«

»Sie haben mich nach Hause geschickt. Und als ich dort ankam, wartete Dean schon auf mich. Er hat mich verprügelt, so richtig übel. Ich bin danach ... weggelaufen. Weil ich es nicht länger ertrug. Und ich hatte Angst vor ihm. Ich dachte, beim nächsten Mal bringt er mich vielleicht um.«

»Darum bist du nach New York gegangen ...«

»Darum New York, ja.« Ich seufze. »Aber wir können unserem Schicksal nicht entrinnen. In New York bin ich Jax begegnet. Er ist für Black Swan, was Dean für uns ist. Zumindest

war das damals so ...«
»Hat Jax auch Menschen ermordet?«
Wenn sie wüsste, dass sie diese Unterhaltung mit einer Mörderin führt, würde sie mir dann überhaupt zuhören? Doch ich schiebe diesen Gedanken beiseite.
»Jax hat getan, was nötig ist. Und das hat Dean auch getan.«
»Es ist nur ...« Sie bläst die Backen auf. »Hätte ich das vor der Hochzeit gewusst ...«
»Das hätte nichts geändert. Vor der Hochzeit warst du verliebt. Du hast ihm ein Alibi bei der Polizei verschafft. Du hast ihn geschützt. Und du erwartest sein Kind. Glaub mir, Juno. Du wärst auch dann zum Altar geschritten, wenn du die ganze Wahrheit gekannt hättest.«
»Aber ich hatte ein Recht, es vorher zu wissen. Und nicht zwei Tage nach der Hochzeit damit konfrontiert zu werden ...«
»Ja, da hast du recht.«
»Also, warum erst jetzt?«
»Weil er dich liebt. Er hatte einfach Angst, dich zu verlieren.«
Sie schnaubt. Doch sie bleibt eine Weile stumm, als müsste dieser Gedanke sich bei ihr festsetzen.
»Es hat sich nichts geändert«, spreche ich schließlich weiter. »Chrissa ist tot. Zu wissen, dass Dean es war, macht sie nicht wieder lebendig. Und ihr liebt euch. Ihr bekommt ein Kind.«
Unwillkürlich legt sie die Hand auf den Bauch und streckt die Beine aus.
»Ohne Chrissas Tod wärt ihr euch vielleicht nie begegnet.«
Mehr sage ich nicht. Ohnehin habe ich das Gefühl, es könnte zu viel gewesen sein. Doch als ich aufstehen will, hält Juno mich zurück. »Bleib«, sagt sie leise. »Ich möchte jetzt nicht alleine sein.«
Also bleibe ich bei ihr sitzen. Wir schweigen, nur gelegentlich aufgeschreckt, wenn eines der Pferde wiehert oder mit dem Huf gegen die Bretterwand bollert. Juno weint neben mir, doch wann immer ich die Hand nach ihr ausstrecken möchte, um sie zu trösten, schüttelt sie heftig den Kopf.

Sie arbeitet sich an dem ab, was ist. Sie versucht, sich an den Gedanken zu gewöhnen. Irgendwann steht sie auf, klopft sich die Strohhalme vom Kleid und hilft mir hoch.

»Komm«, sagt sie.

Ich folge ihr aus dem Stall ohne zu wissen, was sie vorhat.

Versöhnungssex mag ja schön und gut sein, aber als unbeteiligte Dritte die halbe Nacht wachzuliegen und dem Stöhnen und Schreien des eigenen Bruders zu lauschen, der sich mit seiner Frau drei Zimmer weiter vergnügt, empfinde ich dann doch als etwas verstörend.

Irgendwann schlafe ich ein. Ich bin zu betrunken und zu müde, um am nächsten Morgen rechtzeitig aufzuwachen. Als ich gegen elf Uhr nach unten komme, sind Juno und Dean schon zurück nach L.A. gefahren.

Die Pflegerin bringt mir Frühstück. Vic sitzt neben mir, während ich mich an Eiern mit Speck, schwarzem Kaffee mit viel Zucker und süßen Brötchen mit Orangenmarmelade stärke. Ich rede mit ihm, weil ich die Stille schlimm finde, wenn keiner redet.

»Dann wollen wir doch mal sehen, was du für mich hast«, sage ich nach dem Frühstück. Ich bücke mich und löse das Aufnahmegerät, das ich mit extra starkem Klebeband unter der Sitzfläche des Ruhesessels festgeklebt habe, bevor Dean und Juno ankamen.

Ich spule zurück und lasse die Aufnahme abspielen.

»... Darum hast du den Auftrag gegeben, sie zu ermorden?« Junos Stimme.

Ich drücke die Stopptaste und lächle zufrieden.

Jetzt habe ich den Beweis für Deans Schuld. Ein Tape, das ich gegen ihn verwenden kann, falls er nicht das tut, was ich von ihm verlange.

Der Polizei hat meine Aussage allein nie genügt. Aber wenn ich ihnen ein Tape liefere, müssen sie tätig werden. Dann bliebe ihnen gar nichts anderes übrig.

Rechtlich ist die Lage ein bisschen heikel. Mindestens eine Person musste wissen, dass das Gespräch aufgezeichnet wurde.

In diesem Fall waren es sogar zwei Personen – wenn ich Vic mitrechne.

Und widersprochen hat er nicht, oder?

»Ich beherrsche dieses Spiel auch, Brüderchen«, flüstere ich. »Glaub ja nicht, dass du mir einfach so davonkommst...«

Nun bleibt nicht mehr viel zu tun. Ein letztes Treffen mit Zuko, bei dem ich ihm den USB-Stick mit den Daten meines Vaters aushändige. Ein letztes Gespräch mit Dean. Danach bin ich frei. Dann kann ich einfach verschwinden... Ohne Jax.

Aber auch ohne das FBI.

13. Kapitel

Es ist ein Klischee, dass die Jungs vom FBI eine Vorliebe für billige Diner haben, wenn sie sich mit jemandem treffen. In den letzten Monaten habe ich aber festgestellt, dass jedes Klischee eine Grundlage hat.

Zuko hat als Treffpunkt einen schäbigen Diner in Van Nuys vorgeschlagen.

»Nicht gerade das Jimmy's, was?«, frage ich ihn, als ich an seinen Tisch trete.

Er blickt auf. Sein Lächeln wirkt etwas verkrampft, und ich frage mich, ob er ahnt, was ich vorhabe.

Ich war ein letztes Mal in der Wohnung. Habe ein letztes Mal die Aussicht genossen und habe die Tür hinter mir nur angelehnt. Den Schlüssel habe ich in der Schale neben der Wohnungstür liegen gelassen.

Alles ist bereit für den großen Showdown.

»Du kommst früh.« Zuko weist auf die mit billigen Kunstleder bezogene Bank gegenüber und ich setze mich.

»Bereit?«, fragt er.

»Wie kann man dafür jemals bereit sein?«, gebe ich zurück. Dann schiebe ich ihm den USB-Stick über den Tisch.

Die Kellnerin kommt zu uns, und ich bestelle die Tagessuppe und eine Tasse Kaffee. Missmutig kaut sie ihren Kaugummi breit.

»Kannst du mir schon sagen, was es sein wird?«, frage ich.

»Du meinst deine neue Identität?«

Ich nicke.

Er sieht sich um, als müsste er befürchten, dass wir beobachtet werden. Dann schiebt er mir einen braunen Umschlag zu.

»Nebraska«, sagt er.

»Klingt ja wahnsinnig schön«, erwidere ich sarkastisch.

»Du kannst dir die neue Heimat bei uns nicht aussuchen. Ist ja kein Wunschkonzert.«

Ich seufze und schaue in den Umschlag. Darin befinden sich auch meine neuen Ausweispapiere.

»Anne Fuller?«, frage ich. »Schlimmer ging's nicht?«
»Kein Wunschkonzert, Lea.«
»Habt ihr wenigstens einen Job mit Glamour für mich ausgesucht?«
Er lacht leise. »Ich mag dich«, sagt er. »Wirklich. Aber manchmal bringst du mich einfach nur auf die Palme mit deinem Anspruchsdenken.«
Dazu sage ich nichts. Dass das FBI mit seinem Zeugenschutzprogramm meinem Anspruchsdenken nicht entspricht, muss er ja nicht wissen.
»Du wirst Grundschullehrerin.«
»Die armen Kinder.«
Er zieht die Brauen hoch. Die Kellnerin bringt die Suppe und stellt sie so schwungvoll auf den Tisch, dass sie überschwappt.
»Appetit«, sagt sie, als müsste ich ihr für den hervorragenden Service auch noch dankbar sein.
»Ich wiederhole mich ungern, aber Berufswunsch und Wohnortwahl gehören nicht zum Dienstleistungsspektrum unseres Zeugenschutzes.«
»Ist ja schon gut.« Ich beginne, die Suppe zu löffeln, die leider völlig überwürzt und nur lauwarm ist. Egal.
»Wann geht's los?«
»Morgen früh holen wir dich zu Hause ab.«
Ich nicke nachdenklich, als müsste ich erst überlegen, ob mir das in den Kram passt. »Muss ich sonst etwas beachten?«
»Nein. Wir kümmern uns um alles.« Zuko trinkt seinen Kaffee aus und steht auf. »Wenn du keine Fragen mehr hast, müssen wir uns jetzt verabschieden.«
»Sehen wir uns nicht wieder?«
Er schüttelt den Kopf.
Ich stehe ebenfalls auf. Wir stehen einen Moment lang voreinander, dann umarmen wir uns linkisch. Zuko wirft einen Geldschein auf den Tisch und verlässt den Diner. Ich beobachte, wie er die Straße überquert und in einen schwarzen Escalade steigt, der sich sofort von der Bordsteinkante löst und davonrollt.
Ich bin allein.

Zeit, den Rest meines Plans umzusetzen.

Von unterwegs rufe ich Nicholas an.
»Kannst du heute Abend zu mir kommen?«, frage ich.
»Äh, klar. Was gibt's?«
»Es wäre schön, wenn du vorbei kommst.« Ich lege ein Zögern in meine Stimme. »Ich möchte nicht allein sein.«
»Okay, kein Problem. Ich möchte auch ungern alleine sein im Moment.«
Ich atme tief durch. Ich weiß, wie unfair ich mich ihm gegenüber verhalte.
»Was ist?«, fragt er.
»Ach, es ist nur ... Ich habe Angst. Vor ...«
Ich spreche nicht weiter.
»Ja?«
»Meinem Bruder.«
»Soll ich lieber sofort zu dir kommen?«
»Nein. Heute Abend um acht, okay?«
Ich lege auf, bevor er noch irgendwas sagen kann. Hoffentlich setzt er sich nicht sofort ins Auto. Hoffentlich lässt er mir die Zeit, die ich brauche, um die Dinge zu regeln ...
Ich drücke aufs Gas. Ein letztes Mal werde ich Dean einen Besuch abstatten. Ein letztes Mal mit ihm reden – und danach sieht mich L.A. nie wieder.
Dean ist zu Hause, als ich dort ankomme. Juno macht die Tür auf. Sie sieht mich hasserfüllt an, dann sperrt sie die Tür weit auf und ruft: »Dean! Deine Schwester.«
»Es tut mir leid, was du gestern erfahren hast.«
Es tut mir leid, dass du mich jetzt hasst.
»Spar dir die Mühe«, faucht sie und lässt mich einfach stehen. Ich blicke ihr nach. Sie trägt eine Jogginghose und ein weites T-Shirt, ihre Haare sind ungewaschen und die Haut bleich und wächsern. Nichts ist mehr übrig von der quicklebendigen, jungen Frau, die vor ein paar Tagen auf ihrer Hochzeit tanzte und ihren DeeDee anhimmelte.
»Lea. Das ist eine Überraschung.«
Dean begrüßt mich mit Handschlag, gerade so, als wären wir ebenbürtig.

Wenn du wüsstest ...
»Ich muss etwas mit dir besprechen«, sage ich.
»Okay. Lass uns in mein Arbeitszimmer gehen.«
Das Arbeitszimmer liegt in der modern geschnittenen Villa auf der Galerie über dem Wohnzimmer. Wir gehen die Glastreppe hinauf. Unten hat Juno sich auf dem Sofa unter einer Decke verkrochen. Ihre Blicke könnten töten.
Ich schaue weg.
»Ist sie noch sauer auf dich?«
Dean weist einladend auf die Besucherstühle, und ich setze mich. Er steht hinter seinem Schreibtischstuhl und blickt nach unten zu Juno. »Sie kriegt sich schon wieder ein«, sagt er. »In ein paar Tagen hat sie mir verziehen.«
»Das ist gut«, sage ich.
Er zieht die Augenbrauen hoch.
»Findest du nicht?«
»Klar«, meint Dean. »Allerdings wird sie dir nicht so schnell verzeihen.«
»Wenn sie mich als Sündenbock braucht ...«
»Weshalb wolltest du mich sprechen?«
Er setzt sich auf den Stuhl und wippt nach hinten.
»Ich habe etwas für dich«, sage ich und schiebe ihm eine Kopie des Tonbands zu.
Er begreift sofort. »Du hast ...«
»Vic«, sage ich. »Bei ihm war es versteckt.«
Er nimmt die kleine Kassette und lässt sie auf die Tischplatte aus Glas klackern. »Geschickt«, gibt er zu. »Und nun? Willst du mich erpressen? Du weißt, dass ich für dich Marcus' Leiche entsorgt habe. Falls du das hier gegen mich verwenden willst ...«
»Ganz so sehr ähneln wir uns nun auch wieder nicht«, erkläre ich.
»Sagst du. Diese Methoden sind jedenfalls einer Tevez würdig. Dad wäre stolz auf dich.«
Ich lächle nicht. »Du brauchst dir keine Sorgen machen, solange ich lebe. Falls ich sterbe, wird man in meinem Nachlass das Original dieser Aufnahme finden, die ans LAPD überstellt wird. Falls ich erfahre, dass Juno etwas passiert, geschieht

dasselbe. Solltest du einer von uns etwas antun, fliegst du auf.«

»Nette Geste.« Er nickt nachdenklich. »Es bringt mir nur nichts, wenn du dem FBI Daten von Dads Computer lieferst.«

Ich lächle zuckersüß. Habe ich wirklich geglaubt, dass er nichts davon merkt? »Ja, das ist in der Tat ein Problem. Aber es ist nicht meins.«

»Du machst alles kaputt.«

»Ja«, gebe ich leise zurück. »Das tue ich dann wohl.«

»Warum?«, will er wissen.

»Weil du und Dad andere Menschen zerstört. Ihr bringt sie um mit euren Drogen.«

»Wenn wir verschwinden, kommen andere.«

Ich schweige. Verdammt, ich will nicht länger Teil dieses Systems sein. Nicht länger zusehen müssen, wie mein Bruder seinen Reichtum auf dem Buckel anderer scheffelt. Für Juno ist das okay. Sie wusste vor der Hochzeit, worauf sie sich einlässt.

Mit den Konsequenzen wird sie jetzt leben müssen. Aber ich kann es nicht mehr.

»Dann kommen eben andere«, sage ich. »Ist mir egal.«

»Und Juno?«

»Siehst du, darum sage ich dir Bescheid. Damit du vorher für Juno und Vic sorgen kannst.«

»Und Charlotte.«

»Und Charlotte. Wobei ich das nicht verstehe, ehrlich gesagt. Was ist das mit dir und Charlotte?«

Dean antwortet nicht.

»Dad werden sie nicht belangen«, überlegt er. »Jeder Gutachter wird ihn als nicht haftfähig einstufen. Damit werde dann nur ich für ziemlich lange Zeit in den Knast wandern. Chapeau, Lea. Ich hätte dich damals auch umbringen sollen, bevor du geflohen bist.«

»Warum hast du's nicht getan?«, frage ich neugierig.

»Wir sind immer noch eine Familie, nicht wahr? Ich habe wohl wirklich geglaubt, das zählt mehr. Blut ist dicker als Wasser, schon vergessen? Und das alles nur, damit du mit einem Mann herumhuren kannst, den unser Vater vom Hof jagen würde, wenn er nicht längst jenseits unserer Welt wäre.«

Ich antworte darauf nicht, sondern stehe auf. »Sag Juno,

dass es mir leid tut. Bitte.«
»Fick dich«, knurrt er.
»Lebwohl.«
Ich gehe die Treppe hinunter. Meine Knie zittern. Unten bleibe ich stehen. Juno hat den Fernseher eingeschaltet, es läuft ein Nachrichtensender, der gerade wieder über eine Schießerei berichtet.

Das ist euer Krieg. Ihr sitzt hier oben in eurem Glaspalast, aber auf der Straße sterben die Menschen. Chrissa ist deshalb gestorben.

Ich habe Juno falsch eingeschätzt. Vielleicht habe ich geglaubt, sie würde Dean verlassen, wenn sie die Wahrheit über uns erfährt. Aber sie hat mir gezeigt, dass sie noch viel mehr eine Tevez ist als ich es je sein werde.

Ich werde sie vermissen. Meinen Vater, Vic und Charlotte, irgendwie sicher auch Dean. Aber ich weiß auch, dass es hier zu Ende ist. Dass alle Familientreue mir nicht weiterhilft.

Wenn ich will, dass es aufhört, muss ich dieses Leben hinter mir lassen. Und das heißt auch, dass ich Jackson verlassen muss. Denn er kann sich nicht von Black Swan abwenden. Ich habe gesehen, wie er mit sich gerungen hat, aber er ist zu schwach. Oder seine Liebe zu mir ist nicht stark genug, damit er dieses Leben opfert. Aber das glaube ich nicht.

Werde ich ihn wiedersehen? Oder meine Familie?

Wahrscheinlich nicht. Auf mich wartet ein neues Leben.

Aber nicht als Grundschullehrerin in Nebraska.

Ich steige in mein Auto und fahre los. Zweihundert Meter weiter halte ich an, entferne den Akku und die SIM-Karte aus meinem Handy und steige aus, um alles in eine Mülltonne an der Straße zu werfen. Ab sofort werde ich keine mobile Datenspur mehr hinterlassen. Ich tauche unter.

Ich werde unsichtbar.

Bis zum Abend habe ich dreihundert Meilen zwischen mich und L.A. gelegt. Ich suche mir ein kleines, billiges Motel an der Schnellstraße und bezahle bar für die Nacht.

An der Rezeption frage ich nach dem nächsten Drugstore. Der ältere Herr mit Stirnglatze und verschlagenem Blick zeigt stumm auf die andere Straßenseite.

Im Drugstore befülle ich meinen Korb mit allem, was ich brauche. Am längsten stehe ich vor dem Regal mit den Haarfarben. Es schmerzt, dass ich wieder meine wunderschönen, braunen Haare opfern muss, aber manches lässt sich halt nicht ändern.

Ich entscheide mich für ein helles Blond und kaufe vorsichtshalber zwei Packungen. Beim letzten Versuch, meine Haare zu färben, wurde aus dem versprochenen Blond ein Karottenrot, das ich nach meiner Rückkehr nach L.A. schleunigst wieder loswerden wollte.

Bevor ich zur Kasse gehe, biege ich noch in den Gang mit den Hygieneprodukten ein. Eigentlich bräuchte ich mal wieder Tampons ...

Ich stehe vor dem Regal mit den Tampons länger als vor dem mit den Haarfarben. Ich rechne. Und weil ich kein Handy mehr habe, in dem ich eine praktische App dafür hatte, muss ich an den Fingern die Wochen abzählen.

Und danach wird mir erstmal schlecht.

»Miss, alles in Ordnung?«

Die kleine Asiatin, die hinter der Kasse steht, beugt sich vor und sieht besorgt zu mir. Ich hocke mitten im Gang vor den Tampons und Binden und heule Rotz und Wasser.

»Ja, alles bestens.« Ich hebe die Hand, abwehrend und zugleich zur Bestätigung, dass es mir gut geht. Ein Kunde geht an mir vorbei und stellt seinen blauen Plastikkorb auf den Tresen. Ich spüre die Blicke der beiden, während die Verkäuferin seine Einkäufe eintippt und in Tüten packt.

Ich rapple mich auf und gehe zu ihnen. Der andere Kunde zahlt bar, dann ist er verschwunden. Ich stelle meinen Korb auf den Tresen, sehe mich zu allen Seiten um – als fürchtete ich, gleich jemanden zu treffen, den ich kenne – und frage sie dann: »Wo haben Sie die Schwangerschaftstests?«

Als ich aus dem Laden trete, entdecke ich nebenan einen kleinen Laden, der Billigklamotten anbietet. Auch dort decke ich mich ein – mit weiten, dünnen T-Shirts, die vermutlich keine zwei Wäschen überstehen, mit zwei neuen Jeans und Turnschuhen. Vorbei die Zeit der Markenklamotten. Ich muss ab sofort unter dem Radar fliegen und mich dort bewegen, wo mich niemand suchen wird. Bei den Armen. Dort, wo niemand hinwill.

Mit meinen Einkäufen beladen überquere ich den Parkplatz des Motels und verschwinde in meinem Zimmer. Ich werfe die Tüten auf das zweite Bett und verstaue die Reisetasche mit dem Bargeld im Schrank.

Eigentlich muss ich jetzt noch etwas tun. Aber ich will das Geld nicht im Zimmer lassen, wenn ich weggehe, und ich bin von diesem Tag ohnehin völlig erschöpft.

Ich gehe nur noch einmal raus und hole aus einer Pizzeria auf der gegenüberliegenden Straßenseite eine kleine Pizza mit allem und zwei Dosen Limo. Dann schließe ich mich für die Nacht ein.

Das erste Pizzastück verschlinge ich gierig und zappe dabei durch die Fernsehkanäle, bis ich einen Sender mit Nachrichten aus L.A. finde. Ich spüle die Pizza mit einer Dose Limo runter und gehe dann ins Badezimmer, um zu pinkeln.

Jede Frau hat schon mal in einer mehr oder weniger erniedrigenden Situation auf dem Klo gehockt und versucht, auf ein Plastikstäbchen zu pinkeln, oder? Nur dass die meisten Frauen dabei von einer freudigen Erregung erfasst werden, weil sie diesen Moment seit langer Zeit ersehnt haben.

Ich gehöre nicht zu den Frauen, für die ein positiver Schwangerschaftstest der Gipfel des Glücks ist. Im Gegenteil. Schon bei der Vorstellung, dass ich vielleicht gleich ein kleines, blaues Kreuz sehen könnte, kommt mir die Pizza wieder hoch.

Verdammt, warum habe ich mir nie Gedanken um Verhütung gemacht? Warum habe ich mich darauf verlassen, dass es nicht schlimm ist, wenn ich schwanger werde?

Ich habe einen Zyklus wie ein Uhrwerk. Achtundzwanzig Tage, tick tack. Nicht mehr, nicht weniger. Sogar in der stressigen Zeit, als ich nach New York floh, habe ich mich darauf verlassen können.

Und jetzt bin ich fünf Tage drüber.

Das muss nichts heißen. Ich bin nicht schwanger, das kann auch nur ...

Das kleine Kreuzchen verfärbt sich eindeutig blau. Beide Striche.
Ich bin schwanger.
Haben andere Frauen auch so widersprüchliche Gefühle? Auch jene, die sich vielleicht ein Kind wünschen?
Ich starre den Test an.
Mein erster Impuls: noch mal über die Straße flitzen und einen zweiten Test kaufen. Die zweite Dose Limo leeren, aufs Stäbchen pinkeln und ...
Was glaube ich denn, welches Ergebnis dann rauskommt? Dass ich doch nicht schwanger bin? Ha ha, großer Irrtum! Gibt mir ein negativer zweiter Test denn die Sicherheit, dass dann auch wirklich alles gut wird?
Meine Gedanken rasen. Ich hocke wie betäubt auf dem Klo, starre den Test an und ...
Ja. Das ist Freude. Pure, unverfälschte, völlig bescheuerte Freude, weil ich ein Baby bekomme.
Ein Baby von Jax.
Scheiße, wie konnte uns das passieren?
Herrje, ich werde Mutter, wie geil ist das denn?
Ich stehe auf und wanke ins Schlafzimmer. Dort lege ich mich neben die Pizzaschachtel aufs Bett, ziehe das nächste Achtel unter dem Deckel hervor und stopfe es in mich hinein. Die Pizza ist ziemlich salzig, aber das ist nicht schlimm. Das sind meine Tränen auch, die mir haltlos übers Gesicht rinnen.
Ich weiß nur leider gerade nicht, ob es Freudentränen sind oder Tränen der Wut.

»Für den Wagen kann ich Ihnen nicht viel geben, Ma'am.«
Ich verdrehe die Augen. Vor mir steht ein kleines Hutzelmännchen, braungebrannt und faltig, bekleidet nur mit einer Latzhose und darunter einem schmuddeligen Unterhemd, das irgendwann mal weiß gewesen sein muss. Die Sonne knallt auf seine blankpolierte Glatze und er streicht sich über den imposanten Schnurrbart, der bis in die dünnen Spitzen pomadiert ist, die bei jedem seiner Worte zittern.
Er ist schon der dritte Gebrauchtwagenhändler, der mir versichert, für meinen Wagen könne ich nicht viel bekommen.

»Wie viel denn?«, frage ich, obwohl ich es besser weiß. Er zuckt mit den Schultern. »Fünfzehn Riesen?«

Scheiße. Der Lexus war vor einem halben Jahr locker das doppelte wert. Ich habe die Papiere für den Wagen, er ist auf mich zugelassen und trotzdem sind fünfzehntausend Dollar das Höchstgebot, das ich heute bekommen habe.

Ich verstehe das nicht, ehrlich gesagt.

Aber vielleicht sind Gebrauchtwagenhändler ja auch nicht umsonst als die Pferdehändler der Moderne verschrien. Sie wittern ein Geschäft. Und sie wittern es auch, wenn ihnen jemand gegenüber steht, der aus allen Poren nach Angst stinkt.

Ich kann es mir nicht leisten, noch länger zu zögern. Darum zeige ich an ihm vorbei auf einen alten Toyota Corolla. »Fünfzehn Riesen und den da. Und Sie zahlen bar.«

Darauf lässt er sich ein. Wir betreten das kleine Kabuff, in dem er die Verträge aufsetzt. Als er fragt, ob der Wagen auch auf meinen Namen zugelassen werden soll, schüttle ich den Kopf und schiebe ihm meinen neuen Führerschein über den Tresen.

Er fragt nicht. Er sagt auch nichts, sondern gibt die Daten einfach in den PC ein, als wäre es für ihn Tagesgeschäft, dass junge Frauen in abgerissenen Jeans ihm einen Luxuswagen verkaufen und mit mehreren Identitäten jonglieren.

Fünfzehntausend sind eine Menge Geld. Und ich brauche Geld. Viel Geld.

Eine knappe Stunde später lade ich meine Reisetaschen vom Lexus in den Toyota und bekomme die Schlüssel und Fahrzeugpapiere ausgehändigt. Dann steige ich in den Wagen, der muffig und verraucht stinkt und fahre vom Hof.

Unterwegs versuche ich, mir einen Plan zurechtzulegen.

Ich brauche einen neuen Ausweis. Eine andere Identität, denn als Anne Fuller kann mich das FBI in Nullkommanix aufspüren, und das will ich nicht.

Außerdem brauche ich einen Job, bei dem ich nicht auffalle. Eine Wohnung, die groß genug für mich und ein Kind ist, aber nicht so teuer, dass ich sie mir nicht leisten kann. Ich habe für den Anfang genug Kohle, aber wenn ich nicht aufpasse, passiert mir dasselbe wie damals in New York, wo ich irgendwann von der Hand in den Mund lebte und zwei Jobs machen musste, um Wohnung, Heizkosten und so weiter bestreiten zu können.

Und diesmal geht's ja nicht nur um mich. Die schiere Größe dieses Unterfangens raubt mir den Atem. Ich weiß nicht, wie ich das schaffen soll.

An der nächsten Tankstelle fahre ich raus. Der Toyota hatte höchstens eine Gallone im Tank, damit werde ich nicht weit kommen. Ich tanke voll und kaufe in dem Tankshop ein Wegwerfhandy mit Prepaidkarte.

Ich sitze auf dem Fahrersitz und reiße das billige Ding aus der Verpackung, lege die SIM-Karte ein und schalte es an. Dann gebe ich die Nummer von Jax ein.

Ich drücke den grünen Knopf.

»Hallo?«

Er geht nach dem ersten Klingeln ran.

Ich bleibe stumm.

»Lea, bist du das? Lea?«

Ich drücke das Handy gegen mein wild klopfendes Herz. Was ich hier tue, ist so falsch, falsch, falsch.

Ich darf nicht mit Jax kommunizieren. Er hat sich für Black Swan entschieden und damit gegen mich. Seine Zukunft ist nicht meine Zukunft.

Meinetwegen ist Marcus tot.

Das würde er verstehen. Wenn ich ihm erzähle, dass Marcus mich umbringen wollte, damit er bei Black Swan bleibt ...

Wenn ich jetzt auch nur ein Wort sage, wenn ich ihm irgendwie zu verstehen gebe, dass meine Sehnsucht nach ihm größer ist als jede Vernunft ... dann wäre er sofort da. Er würde sich in den nächsten Flieger setzen, wo auch immer er sich gerade aufhält. Er wäre da. Würde mich in den Arm nehmen, mich festhalten, mich trösten. Mir versichern, dass wir das schaffen, auch mit Kind.

Aber er wäre immer noch Teil von Black Swan. Teil des Systems, das ich so sehr verabscheue, weil es zu vielen Menschen den Tod gebracht hat.

Darum sage ich nichts.

»Lea, ich weiß, dass du das bist. Hör mir zu, ja? Bleib, wo

du bist. Sag mir, wo ich dich finden kann. Ich muss ...«

Ich lege auf, reiße die Sim-Karte aus dem Handy und werfe beides aus dem Wagenfenster. Dann starte ich den Motor und fahre zurück auf den Highway.

Wir haben keine zweite Chance verdient, keine dritte, gar nichts. Es ist vorbei. Das war es schon, bevor wir uns damals in New York über den Weg liefen.

Der Corolla beschleunigt mit einem lauten Brummen und huscht an einem grünen Schild vorbei.

»Las Vegas 38 Meilen.«

Manche Liebesgeschichte hat kein Happy End.

Epilog

Ich blicke mich in dem kleinen Apartment um. Ein Wohnraum, eine winzige Küche mit Frühstückstheke. Durch einen Gang gelangt man in das Schlafzimmer, dahinter liegt ein schmales, fensterloses Bad mit Dusche, Klo und Waschbecken. Ein zweites Schlafzimmer, deutlich kleiner, liegt auf der anderen Seite des Gangs hinter der Küche.

»Wenn Sie Kaution und drei Monatsmieten hinterlegen, kann ich noch heute den Vertrag aufsetzen.« Die Vermieterin kaut mit breitem Grinsen auf ihrem Kaugummi herum. Ich drehe mich einmal um mich selbst. Sauber ist das Apartment, es gibt auch schon ein paar Möbel. Renovieren muss ich nicht, die Wände sind frisch gestrichen. Nur mitten im Wohnzimmer hat der Teppich einen verräterischen Fleck. Ich frage nicht nach, woher er kommt.

Für den Anfang wird das reichen.

»Ich nehme die Wohnung.«

Manche Entscheidung trifft man, ohne sich vorher Gedanken darüber zu machen.

Die Vermieterin verspricht, den Vertrag zu holen. Sie wohnt am Ende des Laubengangs, vorne zur Straße hin. Hier hinten ist es ruhig.

Ich trete auf den winzigen Balkon hinter dem Schlafzimmer und setze mich auf den Plastikstuhl, der irgendwann mal weiß war, sich inzwischen aber zu einem schmutzigen, rissigen Gelb verfärbt hat.

Meine Wohnung. Las Vegas.

Vielleicht war die Entscheidung für Las Vegas nur konsequent. Hier hat alles begonnen. Damals, als ich sechzehn war und Vic so schwer verletzt wurde. Später dann, als Chrissa und ich sahen, wozu Dean imstande ist.

Las Vegas war nicht unbedingt die logische Wahl und mit Sicherheit nicht die ungefährlichste. Nebraska wäre vermutlich besser, wenn man für immer verschwinden möchte.

Aber ich bin nicht Anne Fuller, die Grundschullehrerin. Werde ich nie sein.

Meine Gedanken fliegen zurück nach L.A., zurück in mein Apartment. Gestern Abend wollte ich mich dort mit Nicholas treffen. Bevor ich ging, ließ ich die Wohnungstür angelehnt. Es hat Vorteile, wenn man neugierige Nachbarn hat. Ich bin sicher, dass nicht Nicholas das Chaos fand, das ich dort vor meiner Abreise hinterließ. Zerwühlte Schränke und Schubladen. Ein wildes Durcheinander in allen Räumen, als hätte jemand etwas gesucht. Und dann, das Wichtigste: im Wohnzimmer eine riesige Blutlache auf dem Boden.

Mein Blut.

Ein Liter, vielleicht mehr.

Jedenfalls mehr als genug, dass jeder, der diesen Tatort sieht, sofort glauben muss, dass etwas Schreckliches mit mir passiert ist.

Ich habe mir das Blut in den letzten drei Tagen abgezapft. Immer wieder, soweit es irgendwie ging. Dabei hat mir Chrissa geholfen. Wieder mal hat sie mir den Arsch gerettet. Sie hatte mir gezeigt, wie man sich selbst einen Zugang legt, und so hatte ich mir das Blut abgezapft und es gesammelt. Bevor ich die Wohnung verließ, habe ich es vergossen, habe mich sogar hineingelegt und bin auf dem Bauch ein paar Meter gekrochen, bevor die Spur abbricht.

Meine blutigen Klamotten habe ich in einem Container drei Blocks weiter entsorgt. Zusammen mit einem langen Küchenmesser, an dem auch noch Blutreste haften dürften, weil ich es notdürftig abgewischt habe.

Das LAPD wird sich des Falles annehmen, und das FBI wird sich einklinken. Sie werden spekulieren, was passiert ist. Aber wenn man Hufgetrappel hört, denkt man an Pferde und nicht an Zebras. Zuko wusste, dass ich in Lebensgefahr schwebte. Er wird die Spuren sehen und muss glauben, dass ich tot bin. Dass jemand meine Leiche beseitigt hat, aber nicht noch mal zurückkehren konnte, um alle Spuren zu beseitigen.

Ob sie Dean verdächtigen werden? Mir ist das egal. Ich habe das Tonband mit seinem Geständnis, und falls Juno oder mir irgendwas passiert, werde ich es einsetzen. Es ist meine

Lebensversicherung, dafür habe ich gesorgt. Man glaubt gar nicht, wie viele Anwälte es in Los Angeles gibt, die so zweifelhafte Aufträge gegen Vorkasse annehmen.

Für meine Familie werde ich tot sein. Sie werden vielleicht eine Weile wie aufgescheuchte Hühner umherirren, sie werden denken, es sei kein Mord – also doch eher an Zebras glauben wollen. Aber irgendwann werden auch sie sich mit der Tatsache abfinden, dass ich tot bin. Vielleicht geht die Initiative von Dean aus. Er wird eine Trauerfeier organisieren und einen leeren Sarg bestatten lassen. Und dann wird er erleichtert sein, weil ich aus seinem Leben verschwunden bin.

Und solange Juno nichts passiert, braucht er von mir nichts zu befürchten.

Die Beweise, die ich dem FBI geliefert habe?

Nun ja. Ich fürchte, Zuko hat sich geirrt. Da war nicht viel Brauchbares auf dem Computer meines Vaters zu finden. Nur ein paar Geschäftsberichte von den Wäschereien und den Tankstellen. Nichts über die Drogen. Ich vermute, das gibt es nur auf Deans Computer oder sie sind noch ein bisschen oldschool und halten alles handschriftlich fest.

Es hätte hinten und vorne nicht für das gereicht, was das FBI mir angeboten hat.

Ich bin wieder allein. Wie vor einem Jahr, als ich nach New York ging und in Jimmy's Diner anfing zu arbeiten. Nur mit dem Unterschied, dass ich dieses Mal Vorbereitungen treffen konnte. Und ich habe eine Identität, die ich gegen eine andere tauschen kann – wenn ich jemanden finde, der mir dafür seine gibt.

Irgendwie bin ich doch nicht allein. Meine Hand ruht auf dem flachen Bauch. Noch spüre ich nichts von der Schwangerschaft, aber das ist nur eine Frage der Zeit. Dieses Baby wird meine einzige Erinnerung an Jackson sein. An den Mann, den ich liebe. Der mich auch liebt – aber nicht so sehr, dass er für mich sein Leben hätte aufgeben wollen.

Es tut gar nicht so weh, wie ich befürchtet habe. Ich denke, ich kann damit leben, dass es so ist. Allein.

Aber ich lebe.

Im Moment ist das die Hauptsache.